KB102168

변혁
1990

천지무천 장편소설

24

FUSION FANTASTIC STORY

변혁 1990 24권

천지무천 장편 소설

초판 1쇄 찍은 날 § 2017년 1월 12일
초판 1쇄 펴낸 날 § 2017년 1월 19일

지은이 § 천지무천
펴낸이 § 서경석

편집책임 § 배경근

펴낸곳 § 도서출판 청어람
등록번호 § 제1081-1-89호
등록일자 § 1999. 5. 31
어람번호 § 제1-2605호

주소 § 경기도 부천시 부일로 483번길 40 서경B/D 3F (우) 14640
전화 § 032-656-4452 팩스 § 032-656-4453
http://www.chungeoram.com
E-mail § chungeorambook@daum.net

ⓒ 천지무천, 2013

ISBN 979-11-04-91144-6 04810
ISBN 978-89-251-3388-1 (세트)

벼락
1990

천지무천 장편소설

FUSION FANTASTIC STORY

24

Contents

Chapter 1

한국으로 돌아오니 벌써 4월 초였다.

자이르공화국에서 보낸 시간이 3개월이 훌쩍 지나간 것이다.

길면 길고 짧으면 짧은 시간 동안 자이르공화국에 확실한 교두보를 세워두었다.

한국에 오기 전 코사크와 카로 민병대의 화력을 강화하기 위해서 러시아에서 추가로 장갑차와 지원화기를 공급했다.

카로의 자경단은 민병대로 확대 개편되었고, 코사크 대

원들에게서 집중적으로 군사훈련을 받았다.

카로의 민병대는 자이르 보안군을 대신해 카로 지역의 치안과 질서를 담당했고, 그 범위는 점차 확대되었다.

카로에 정식 학교와 종합병원이 들어서자 카로는 큰 마을의 범위를 벗어나 점차 도시의 기능을 갖추어가자 사람들이 몰려들었다.

물건을 구매할 수 있는 상점들에 이어서 음식점들과 약국이 들어섰다.

자이르공화국에서는 병원도 귀했지만 약을 구매할 약국도 대도시가 아니면 힘들었다.

닉스코어는 병원에서 쓸 약품과 약국에서 판매할 약품을 한국에서 대량으로 구매하여 자이르에 보냈다.

약국은 닉스코어에서 직접 운영했다. 카로의 변화는 여기서 그치지 않았다.

지하수 개발로 인해 먹는 물에 대한 걱정을 덜었다. 이전처럼 먼 곳까지 걸어가 물을 길어오지 않아도 되었다.

밀림에서 공급되는 식수공사가 6월에 끝마치면 카로는 식수는 물론 일상생활에서 사용되는 충분한 생활용수가 공급될 수 있었다.

수도인 킨샤사와 몇몇 대도시를 제외하면 자이르공화국 대다수가 생활용수를 공급받지 못하고 있었다.

카로에서 벌어지는 여러 가지 공사들로 인해 카로 지역 주민들의 소득도 덩달아 높아졌다.

다시금 자이르공화국으로 돌아갈 때쯤 카로는 새롭게 탈바꿈해 있을 것이다.

"얼굴이 검게 탔구나. 고생 많았다."

집에 돌아오자마자 아버지가 나를 보고 한 말이었다. 자이르공화국의 태양은 내 얼굴을 가만두지 않았다.

"예, 건강은 괜찮으시죠?"

"여기로 이사 와서는 기운이 더 생기는 것 같다. 매일 아침 약수터에 갔다 오니까 근력도 많이 좋아졌어. 이게 다 네 덕분이다."

아버지의 말처럼 아버지의 얼굴빛이 예전보다 훨씬 좋아진 것이 확연히 보였다.

인보증으로 인해 공장이 문을 닫고 육체와 마음에 병을 얻어서 매일 누워계시기만 했던 예전의 모습은 전혀 찾아볼 수 없었다.

"별말씀을요. 전 두 분이 건강하게 오래오래 사시는 게 가장 기쁜 일이에요."

"요즘 같아서는 백 살까지 살 것 같다."

내 말에 엄마가 기분 좋은 표정으로 말했다. 엄마는 요즘 친척들과 주변 친구들에게 아들 자랑을 하는 재미로 살고 있었다.

"더 오래 사세요."

"야, 백 살까지 살아도 괴물인 거야. 몸과 정신이 다 건강하면 모를까, 치매 걸려서 오래 사는 건 다 부질없다."

"하하하! 전 치매에 걸리셔도 오래만 사셨으면 좋겠어요."

"에이, 남들이 욕해."

엄마는 손사래를 치며 말했다. 삶과 생활에 여유가 없다면 질병의 발생은 가정에 큰 어려움이었다.

과거의 아버지도 생활고로 인해서 많은 치료를 받지 못하셨었다. 그것이 늘 나에게 있어 마음에 짐이었다.

현재는 가족 모두가 건강을 책임지는 주치의까지 두고 있었다.

"피곤할 테니 올라가서 쉬어라."

"그래라, 가인이가 너만 오길 얼마나 기다렸는지 모른다."

"예, 올라가 보겠습니다."

아버지와 엄마에게 인사를 하고는 내 방이 있는 3층으로 향했다.

3층에는 이미 가인이가 올라와 있었다. 가인이는 단발머리에서 어깨 아래로 길게 늘어진 생머리를 하고 있었다.

그 모습이 더욱 여성스럽고 부드럽게 다가왔다.

가인이는 내가 돌아왔다는 연락을 받고는 급하게 집으로 돌아왔었다.

"얼굴을 이제야 보여 주는 거야?"

가인이는 날 보자마자 내 품에 안기며 말했다. 그녀의 머리카락에서 진한 라일락 향기가 풍겨왔다.

"빨리 오고 싶었는데, 그게 잘 안 되더라고."

"얼마나 보고 싶었는지 알아?"

가인이는 내 허리를 강하게 끌어안으며 말했다.

"나도 정말 보고 싶었어."

내 말이 끝나자마자 가인이는 내 입술을 덮쳤다. 이젠 둘만 있을 때면 서슴없이 애정표현에 적극적이었다.

오랜 시간 떨어져 있었기 때문인지 긴 입맞춤으로 그동안의 아쉬움을 달랬다.

"두 달이면 돌아온다더니 3개월이나 기다리게 만들어?"

"처음 생각했던 것보다 할 일이 너무 많더라고. 한데 살이 좀 찐 거 같아."

"아니 왜? 몸무게는 오빠가 자이르공화국으로 떠날 때나 지금이나 그대로인데."

내 말에 눈이 동그랗게 커진 가인이가 되물었다.

"어, 그래? 그럼 가슴이 더 풍성해진 건가?"

난 조심스럽게 말을 꺼냈다. 실제로 가인이를 안을 때 이전과 느낌이 좀 달랐다.

"뭔가 느껴졌어?"

가인이는 내 말에 얼굴을 살짝 붉히며 물었다.

"어, 안을 때 더 포근한 느낌이 들더라고."

"뭐 조금 더 커지긴 했지. 브래지어 사이즈를 한 치수 더 큰 거로 바꿨거든."

"우후후! 좋은데."

가인이의 말에 머릿속에서 절로 가인이의 모습이 그려지며 음흉한 웃음이 나도 모르게 나왔다.

"무슨 생각을 했길래 그런 웃음소리가 나오는 거야?"

"내가 무슨 생각을 했겠냐? 그냥 수영복 입은 모습을 한 번 그려봤다. 수영복도 작아졌으면 내가 하나 사줄게, 비키니로."

"어휴! 고작 생각한 거라고는. 남자들은 여자의 가슴 크기에 그렇게 연연해?"

"아마 대한민국 남자들은 모두가 한결같은 마음일 거다."

"나 참! 내가 가슴이 작았으면 싫었겠네?"

"당연히 그건 아니지. 난 가인이의 모든 부분이 다 좋으니까. 하지만 그래도 작은 것보다는 큰 게 좋지."

옛날 같았으면 이런 말을 꺼내지도 못했다.

"그래? 귀국 기념으로 한 번 만지게 해줄까?"

난 순간 너무 놀라 가인이의 말을 의심했다.

'애가 갑자기 왜 그러지?'

"어, 정말~ 로?"

"그걸 간절히 원하는 눈빛인데."

"그건 아닌데. 그래도 갑자기 그런 말을 하니까, 조금 당황스럽다."

순간 가인이의 얼굴을 바로 바라보기가 힘들었다.

"후후! 나나 오빠나 성인인데 뭘."

가인이는 아무렇지 않은 듯이 말을 했다.

"어, 그러면 그럴까?"

가인이가 허락한다면 굳이 마다할 필요가 없다는 생각이 들었다.

몸매의 굴곡이 다 드러나는 갈색 목티를 입고 있는 가인이의 모습이 오늘따라 더욱 섹시하게 다가왔다.

'후! 이게 무슨 일인지는 모르겠지만… 무척 떨리네.'

자이르공화국에서 목숨이 위태로운 전투를 치르는 동안에도 떨림이 없었었다. 하지만 지금 가인이의 가슴으로 향하는 두 손이 가늘게 떨렸다.

그리고 목적지에 거의 도착할 무렵 갑자기 내 머리에 힘이 가해지면서 가인이의 옆구리 사이로 머리가 끼었다. 완벽한 헤드록이었다.

"아악!"

나도 모르게 절로 비명이 나왔다.

"강태수! 아직은 거기까지는 아니다."

"아아! 정말 아파……."

엄살이 아니었다. 오랜만에 가인이에게 당한 헤드록은 장난이 아니었다.

내 비명 소리에 가인이는 힘을 빼고는 그대로 날 자신의 품에 안았다.

갑자기 포근한 가인이의 가슴에 안긴 것이다.

"내가 허락할 때까지는 안 돼."

"뭐냐? 병 주고 약 주는 거야?

"내가 하는 것은 상관없지만, 오빠가 그런다고 하니까 좀 그러네."

난 가인이의 말에 고개를 들어서 그녀를 물끄러미 쳐다보았다.

크고 맑은 눈망울에 콧대를 지닌 가인이의 모습은 정말 예뻤다. 더욱이 풍성하게 기른 머리가 그녀를 더욱 매력적으로 보이게 했다.

"예쁘니까 봐준다."

"예쁜 건 나도 알아. 오빠가 원하는 만큼 나도 오빠를 원하니까, 우리 빨리 결혼할까?"

가인이는 내 목에 두 팔을 걸고 진지하게 물었다.

"우리 가인이가 벌써 시집갈 나이가 되었네."

가인이의 올해 한국 나이로 22살이었지만 충분히 결혼할 수 있는 나이였다.

"그럼, 법적으로도 아무런 문제가 없는 나이지. 뭐 학교는 다니고 있지만, 오빠가 청혼하면 받아줄 수 있는데."

가인이의 눈빛은 진지했다.

"그럼……."

대답을 하려는 순간 2층에서 빠르게 계단을 올라오는 소리가 들렸다.

그 소리에 나와 가인이는 재빨리 떨어졌다.

"오빠! 언제 온 거야?"

목소리의 주인공은 예인이었다. 아마 삐삐를 받고 한걸음에 달려온 것 같았다.

예인이는 날 보자마자 나에게 안겨왔다.

"어휴! 1시간 정도 됐어. 내가 오니까 그렇게 좋아?"

"당연하지. 오빠가 없으니까 너무너무 재미가 없었다니까."

"너 머리 잘랐네."

예인이는 길고 고운 머리를 짧게 자른 모습이었다. 마치 단발머리로 자른 모습이 이전의 가인이를 보는 듯했다.

"어, 변화 좀 주려고."

밝은 미소를 주며 말하는 예인이의 모습이 보기 좋았다. 3개월간 보지 않은 사이에 이전의 모습으로 돌아온 것 같았다.

"어쩌 두 사람이 서로 바뀐 것 같다. 가인이는 머리를 기르고 예인이는 반대로 자르고 말이야."

"얌전한 모습을 좀 바꿔보려고."

이전보다 밝은 모습의 예인이 없지만, 그녀의 말에 아직 그때의 상처가 아물지 못했다는 느낌이 들었다.

"그래 다양한 스타일로 자신을 보여주는 것도 괜찮지. 오랜만에 함께 저녁이나 먹으러 나갈까?"

"난 준비 다 되었는데?"

내 말에 예인이는 손에 든 모자를 쓰고는 환한 미소를 보냈다.

우리 세 사람이 찾은 곳은 유명한 음식점이 아니었다. 동네 있는 분식점에서 떡볶이와 순대를 사 먹은 후에 근처 포장마차로 향했다.

손님은 우리 세 사람뿐이었다.

"아직 날씨가 쌀쌀하죠? 자, 오뎅 국물 한번 드셔 보세요."

푸근한 인상의 아주머니는 우리에게 따끈한 오뎅 국물이 담긴 그릇을 내밀었다.

"예, 더운 나라에 있다가 한국에 오니까, 꽤 춥네요."

"어디에 있다 오셨는데요? 사우디에 갔다 오셨소?"

아주머니는 궁금한 듯이 물었다.

"아니요, 저는 아프리카에 있는 자이르공화국이란 곳에 있어서요."

"어이구, 엄청 먼 데 계셨었네. 우리 아들도 사우디에 가서 일을 하고 있어요."

"그러시구나. 여기서 제일 맛있는 거로 해서 두 개 만들어주세요."

"술은?"

"맥주 마실래? 소주 마실래?"

아주머니의 말에 가인이와 예인이를 보며 물었다.

"당연히 이런 날은 소주지."

"나도."

두 사람의 말에 아주머니는 앞에 놓인 소주를 건네주었다.

"참으로 두 색시 다 미인이네. 둘 다 애인은 아닐 거고,

총각 색시는 누구냐?"

가인이와 예인이를 보며 말하는 아주머니의 말에 예인이의 표정이 살짝 변하는 것이 보였다.

"하하하! 고심 중입니다. 둘 다 너무 예뻐서요."

아주머니의 말에 난 농담 섞인 말을 던졌다. 그 말에 예인이의 표정이 풀어졌다.

그 사건이 있었던 후부터 예인이는 사소한 것에도 민감하게 반응했다

"하긴 내가 볼 때도 누가 더 예쁜지 모르겠네. 자, 이건 서비스니까 안주 만들 때까지 드시고 계셔."

아주머니는 잘라놓은 오이와 함께 오뎅 꼬치 3개를 내주었다.

"감사합니다. 자, 한잔씩 하자. 나도 이 두꺼비가 정말 생각나더라고."

가인이와 예인이에게 술을 따라주었다.

"이렇게 셋이 모여 술을 마시는 것도 정말 오랜만이다. 자! 귀국을 축하해."

가인이는 술잔을 들며 말했다.

"후! 오빠가 없으니까, 모든 게 재미없었어."

한숨을 내쉬며 말하는 예인이의 표정이 재미있었다.

"내가 그렇게 보고 싶었어?"

'세상 어느 누구보다……'

"물론이지. 아예, 오빠 수행비서로 취직할까 하는 생각까지 했다고."

"하하하! 이거 이러다가 두 사람에게 동아줄로 꽁꽁 묶여서 아무 데도 못 가는 것 아닌지 모르겠다. 자, 거국적으로 원샷이다."

내 말에 두 사람의 잔이 내 잔에 부닥쳤다.

우리 세 사람은 그동안 나누지 못했던 이야기들을 풀어내며 술잔을 비웠다.

가인이와 예인이는 생각보다 술을 잘 마셨다. 소주 세 병을 비울 때쯤 가인이의 삐삐가 울렸다.

송 관장의 전화였다.

"집에 가봐야 할 것 같아. 나 먼저 올라갈 테니까, 이것만 마시고 와."

포장마차에서 집까지 15분 정도의 거리였다.

"그래야지. 예인이는 내가 잘 모시고 갈게."

"알았어. 조심해서 와."

가인이는 예인이를 슬쩍 쳐다보다가 집으로 향했다. 얼굴이 붉게 변한 예인이는 가인이보다 술을 많이 마셨다.

"자, 우리도 이거만 마시고 일어나자."

"아니, 난 더 마시고 싶어."

예인이의 입에서 나온 말은 내가 예상했던 말이 아니었다.

예인이의 말에 소주 한 병을 더 시켰다.

누구보다 예인이가 겪은 일을 알았기 때문에 그녀의 부탁을 들어주고 싶었다.

"요즘 어떻게 지냈어?"

예인이에게 소주를 따라주며 물었다.

"전시회도 보러 다니고, 여러 가지 공연도 보러 다녔어. 그리고 기타를 배우고 있어."

"잘됐다. 예인이는 음악성이 뛰어나니까, 통기타도 금방 배울 것 같은데."

"통기타가 아니야."

"전자기타?"

"어, 기타뿐만 아니라 음악그룹 활동도 하고 있어. 이번 대학가요제에 나가려고 준비 중이야."

1977년 9월 3일의 제1회 대학가요제 이후로 매년 개최되었고, 2012년을 마지막으로 폐지되었다. 대학가요제는 지난 20여 년 동안 젊은이들의 폭넓은 사랑을 받으며 수많은 스타들의 등용문이 되어왔다.

"와! 정말 대단한데. 그룹명이 뭐야?"

"블루문. 내가 노래도 부를 거니까, 그때는 외국에 나가지 마."

"알았어. 우리 예인이가 대학가요제에 출전하면 플래카드하고 예쁘고 큰 꽃다발을 준비해 갈게."

"약속이다."

"물론이지. 그런 의미로 마시자."

"좋아."

챙!

예인이와 기분 좋게 잔을 부닥쳤다.

"한데 대학가요제는 왜 나갈 생각을 한 거야?"

"내 마음속에 간직하고 있는 생각을 노래로 표현하고 싶어서."

"무슨 노래인지 정말 궁금한데?"

"사랑 노래야. 누군가를 간절히 바라지만 이루어지기는 힘든 짝사랑 이야기."

"그렇구나. 그런데 하필 외로운 사랑이야?"

"내가 그런 사랑을 하고 있으니까."

예인이는 술잔을 들며 말했다.

"정말이야?"

예인이의 말이 믿어지지가 않아 되물을 수밖에 없었다. 예인이처럼 아름답고 청순한 여자는 정말 드물었다.

"어, 사실이야."

예인이는 술잔에 담긴 소주를 단숨에 넘기며 말했다.

"야아! 누구인지 몰라도 정말 복 터졌네. 이렇게 아름답고 착한 예인이의 사랑을 받고 있다니 말이야. 새로 알게 된 사람이야?"

누구인지 몹시 궁금했다.

"아니, 예전부터 알고 있던 사람. 알고 싶어?"

예인이가 날 뻔히 바라보며 물었다.

"당연히 궁금하지."

"듣고 나면 후회 안 할 자신 있어? 그래도 듣고 싶다면 말해 주고."

예인이는 소주병을 들어서 자신의 잔에 따르려고 했다.

"천천히 마셔. 한데, 후회한다는 말의 의미가 무슨 뜻이야?"

난 예인이의 손에 든 소주병을 잡고는 빈 잔에 따라주며 물었다.

"오빠가 듣고 나면 실망할 것 같아서."

"혹시, 내가 아는 사람이야?"

"응, 아주 잘 아는 사람."

순간 예인이의 말에 강호가 떠올랐다.

'아니야, 강호가 예인이를 좋아한 거였잖아. 아니면, 학

교 친구 중에…….'

누구인지 알 수 없었다.

"이거 수수께끼인데."

"그냥 수수께끼인 채로 두는 것이 더 나을 수도 있어."

"그렇게 말하니까, 더 궁금해지는데."

"정말 후회 안 할 자신 있어?"

예인이는 다시금 나에게 확인하듯 물었다.

'정말 누구길래 그러지……. 예인이가 좋아하는 사람
이…….'

아무리 생각해봐도 머릿속에 떠오르는 사람이 없었다.

예인이가 좋아하는 사람이 나에게 소개하지 못할 정도로
형편없는 사람이기 때문에 후회라는 말을 했을까? 라는 생
각도 해봤지만, 그건 이유가 될 수 없었다.

예인이는 사람의 겉만 보거나 능력을 따지는 여자가 아
니었다.

있는 그대로의 모습을 받아들이고 상대방을 존중할 줄
아는 친구였다.

"후! 무척 궁금하긴 한데, 후회라는 말이 자꾸 걸리네. 어
떻게 해야 할지 모르겠다."

속 시원히 알고 싶었지만, 자꾸 후회라는 말이 목구멍에
걸린 가시처럼 선뜻 말을 꺼내지 못하게 했다.

난 소주잔을 들어서 그 답답함을 목구멍 아래로 넘겼다.

"오빠 그거 알아? 내가 하는 사랑은 나를 내어주고도 모자라서 나를 다 태워 버릴 수 있는 사랑이야. 그렇다고 모닥불에 뛰어드는 부나방처럼 순식간에 타오르는 사랑은 아니야. 난 정말 그 사람을 고결하고 순결한 마음으로 사랑해."

순간 예인이의 말에 무언가 가슴을 관통하듯 찌릿한 통증이 느껴졌다.

사람마다 사랑을 어떻게 단정할지는 모르겠지만, 예인이의 사랑은 단순하고 일반적인 사랑이 아니었다.

예인이의 말에 결심이 섰다.

"그게 누구니?"

말을 하고 나자 목이 탔다. 다시금 술을 마시기 위해 술잔을 들었을 때였다.

"내 사랑은 지금 내 옆에 있어."

'옆에 있다고······.'

전혀 예상치 못한 말이었다. 순간 망치로 머리를 세게 맞은 것처럼 멍해졌다.

뭐라고 말을 해야 했지만 어떤 말도 떠오르지 않았다.

뭐라도 해야 했기에 손에 들고 있던 술을 단숨에 목구멍으로 넘겼다.

쓴 소주였지만 지금은 맹물을 마시듯 아무런 맛이 나지 않았다.

예인이는 말없이 빈 소주잔에 술을 따라주었다.

'예인이의 말처럼 차라리 묻지 말았어야…….'

예인이의 말처럼 후회가 물밀듯 밀려왔다. 열지 말아야 할 판도라의 상자를 열어버린 것처럼.

"언제부터 그런 마음이 들었니?"

"글쎄 언제부터 일까? 나도 잘 모르겠어. 후! 말하고 나면 속이 뻥 뚫릴 줄 알았는데, 오히려 더 답답하기만 하다."

"날 좋아하면… 후! 아니다. 아주머니 여기 소주 하나 더 주세요."

지금 당장 답답함을 해결 줄 것은 술밖에 없었다.

"많이 노력했어. 오빠를 좋아하면 안 되는 것도 너무 잘 알아. 하지만 그게… 그게 잘 안 돼."

예인이의 맑은 두 눈에서 눈물이 흘러내렸다.

"후, 나란 놈이 뭐가 좋다고……."

예인이의 말에 혼잣말처럼 나지막이 읊조렸다.

'아! 어떻게 해야 하지? 어쩌자고 날…….'

"흑흑! 미안해 오빠. 하지만 정말 어쩔 수가 없었어……."

예인이가 많이 힘들어했을 것이 느껴졌다. 그녀의 슬픈 눈물에서, 그리고 떨리는 목소리에서 너무나도 확연히 알

수 있었다.

"네가 미안해할 필요는 없어. 사람을 좋아하는 것은 미안한 게 아니야. 하지만 너에게 말해줄 답을 찾을 수 없을 것 같아. 미안하다, 예인아."

아무리 생각해봐도 길을 찾을 수 없었다. 아니 이 상황이 믿어지지가 않았다.

"찾지 마. 찾으려고 하면 나나 오빠나 더 힘들고 아플 거야. 그냥 이렇게 오빠를 보여주고 내 이야기를 들어주기만 해도 좋아. 더는 바라면 욕심이잖아……."

슬픔을 꾹꾹 눌러 말하는 예인이의 목소리가 가늘게 떨렸다.

그 떨림에 마음이 더욱 아파왔다.

가인이와 예인이는 다른 듯하면서도 닮았고, 닮은 듯하면서도 달랐다.

두 사람이 다 나에게 좋은 감정을 가지게 된 것은 아마도 닮은 부분에서 일 것이다.

"예인아, 그 마음을 오래 가져가면 점점 너만 힘들어질 거야. 힘들겠지만 여기서 그냥 내려놓는 게……."

끝까지 말할 수 없었다.

나를 바라보는 예인이의 눈이 말을 할 수 없게 만들었다. 지금의 예인이의 눈은 한라그룹의 정문호에게 납치되었을 때 보았던 눈이었다.

모든 것을 빨아들일 듯한 심연의 눈동자.

그 심연의 눈동자가 붉게 타오르고 있었다.

눈을 뜨자마자 머리가 지끈지끈 아팠다.

"아이고, 머리야."

집까지 어떻게 왔는지 기억이 없을 정도로 술을 마셨다. 술이 맹물같이 느껴지는 순간부터 나 혼자서 소주 2병을 더 비웠다. 그냥 맘껏 취하고만 싶었다.

그 후부터는 전혀 기억이 나지 않았다.

"어떻게 집에 온 거지?"

아무리 생각해도 떠오르는 것이 없었다.

"후! 멍청한 짓은 하지 않았겠지."

목이 말라 물병이 있는 거실로 나갔다. 그곳에는 날 기다리는 사람이 있었다.

"이제 일어났어?"

가인이가 날 보며 퉁명스럽게 말했다.

"어, 지금 몇 시지?"

시계는 오후 1시를 가리키고 있었다.

"도대체 술을 얼마나 마셨길래 인사불성이 되냐?"

날 한심스럽게 바라보는 가인이의 눈을 제대로 쳐다볼

수 없었다.

"혹시, 내가 실수한 것 없었니?"

"없었겠어?"

가인이의 말에 순간 숨이 멈출 것만 같았다.

'후! 내가 무슨 실수를 한 거지?'

"남자가 술을 마시면 왜 그렇게 울어. 나중에는 아예 대성통곡을 하던데."

"내, 내가?"

전혀 생각지도 못한 가인이의 말에 어리둥절할 뿐이었다. 운 기억은 내 머릿속에는 없었다.

"그럼 누구겠어? 예인이가 우는 사람을 달래려고 얼마나 힘들었겠어. 포장마차에서 데려오는데도 내가 얼마나 힘들었는지 알아?"

"울기만 했니? 혹시 다른 말은 하지 않았어?"

"하긴 했지. 이 나이 먹고 사랑을 하려니까, 너무너무 힘들다고 울고불고했지. 어이가 없긴 했지만 달래주려고 내가 얼마나 진을 뺐는지 알기나 해. 그런데 뭐 때문에 그렇게 술을 마신 거야?"

'휴! 별다른 말은 안 했나 보네.'

"어, 아프리카에서 좀 힘든 일이 있어서. 마시다 보니까 그렇게 됐네."

"일도 좋지만, 몸이 더 중요한 거야. 어제 같은 일은 한 번뿐이야. 앞으로는 정말 길바닥에 내버려두고 올 테니까, 알아서 해. 예인이 보기에도 창피하니까. 북엇국 끓여났으니까 내려와서 먹고."

"미안하고 고마워."

"미안하면 잘해."

가인이는 내 말에 별다른 말없이 2층으로 내려갔다.

예인이는 밖으로 나갔는지 2층에는 가인이뿐이었다.

따끈하게 끓인 북엇국을 단숨에 물 마시듯이 먹었다. 부글부글 끓던 속도 북엇국 때문인지 조금은 풀렸다.

"한 그릇 더 줘라."

빈 그릇을 가인이에게 내밀며 말했다.

"속은 괜찮은 거야?"

"북엇국을 먹으니까 좀 낫네."

"앞으로 술은 조금 마셔. 그리고 예인이한테도 잘해. 아침부터 일어나서 오빠 준다고 북엇국 끓여놓고 나갔으니까."

"어, 그래? 난 네가 끓인 건 줄 알았네."

"내가 끓이려고 했는데, 예인이가 먼저 만들고 있더라고."

'후! 어쩌자고 날…….'

가인이의 말에 마음이 답답해졌다.

"예인이는 어디 갔는데?"

"공연 연습하러 간대. 오빠한테도 말했다고 하던데. 걔 요즘 밴드에 푹 빠져 있어. 그래서 머리도 자른 거야."

"이야기 들었어. 대학가요제에도 나간다고 하더라고."

"후후! 그런 쪽으로는 전혀 관심이 없던 애였는데."

가인이는 북엇국을 나에게 건네주며 말했다.

"기타도 치고 노래도 부른다며?"

"그래서 이번에 전자기타도 장만했잖아. 가끔 집에서도 연주하던데 나쁘지 않더라고. 예인이가 한번 빠지면 끝장을 보는 성격이라서."

"그렇지."

밥을 허둥지둥 먹고는 식탁에서 일어날 때 가인이가 나에게 건네주는 것이 있었다.

"뭐냐?"

"이번 주 토요일에 홍대에서 공연이 있나 봐. 아마추어 밴드들끼리 모여서 하는 공연이래. 예인이가 오빠한테 주라고 해서. 시간이 되면 보러 오라고."

가인이가 건넨 티켓에는 예인이가 속한 밴드 이름이 적혀있었다.

"가야지."

"나도 몹시 궁금해. 예인이가 어떤 모습으로 노래할지가."

"잘 먹었어. 올라갈게."

"오늘 회사에 나갈 거야?"

"그래야지. 할 일이 많아서."

"치! 모처럼 데이트 좀 하려고 했는데."

"미안. 대신 빨리 들어올게."

"알았어. 일찍 들어오면 영화 보러 가자."

"그래."

내 방으로 올라와 옷을 갈아입는 내내 예인이가 했던 말이 머릿속을 맴돌았다.

머릿속에서 밀어내려고 하면 할수록 물밀듯이 더 파고들었다.

그리고 술에 취해 엎드려 있을 때 예인이가 한 말이 불쑥 머릿속에서 떠올랐다.

'무슨 말을 해야 할까? 먼저 사랑해서 미안해. 많은 생각을 해봤지만, 오빠를 사랑하는 데는 이유가 없어. 눈을 감거나 뜰 때도 오빠가 생각나니까… 내가 먼저 용기를 냈더라면…….'

"후! 미안하다. 예인아 정말 미안하다."

나도 모르게 눈물이 났다. 나로 인해 아파하는 사람들에게 너무나 미안했다.

　너무 과분한 사랑 앞에서 길을 잃어버린 기분이 들었다.

Chapter 2

여의도에 있는 닉스홀딩스에서 날 반기는 인물은 룩오일 NY의 루슬란 비서실장과 닉스홀딩스의 김동진 비서실장이었다.

두 사람 다 그동안에 러시아와 한국에서 진행된 업무보고를 하기 위해서였다.

"얼굴이 많이 타셨습니다."

김동진 비서실장이 내 얼굴을 보자마자 한 말이었다.

"자이르공화국이 적도에서 가까워서 그런지 태양이 따가웠습니다. 그동안 혼자서 일 처리하시기 힘드셨지요?"

"예, 혼자서 결정하고 판단하기 쉽지 않은 일들이 많았습니다. 그래서 그런지 회장님의 고충을 조금은 이해할 수 있었습니다."

"하하하! 앞으로는 더 많이 좀 이해해 주십시오. 중요한 것부터 시작하시지요."

"예, 다음 주 화요일에 닉스홀딩스 본사 건물인 닉스빌딩의 착공식을 진행할 예정입니다."

지하 8층 지상 57층으로 공사가 진행할 닉스빌등은 총 3천3백억 원의 자금이 투자된다.

완공되면 여의도에서 가장 큰 빌딩인 63빌딩 다음으로 큰 업무용 빌딩이 된다. 63빌딩은 1800억 원을 들여서 5년간의 공사 기간을 거쳐 1985년에 완공되었다.

닉스빌딩은 기둥 없는 설계 플로어 닥트로 인해 사무실 공간 활용이 자유로웠고 천장 높이도 2.7m로 답답함이 느껴지지 않았다.

닉스 빌딩은 리히터 6~7의 강진에도 견딜 수 있도록 설계되었고 내부 시설들도 향후 최신 시스템으로 쉽게 교체할 수 있게끔 지어진다.

또한 닉스빌딩은 내의 모든 시설을 관리하는 공조 제어 시스템을 통해 공기 오염방지 및 4계절 항온항습 기능을 유지 하며, 통합관리시스템을 갖추어 에너지와 관리비를 절

감할 수 있도록 하였다.

더불어서 층별 공제시스템을 가동할 수 있게 했으며, 1300대를 수용할 수 있는 넓은 주차장과 29대의 엘리베이터, 그리고 8대의 에스컬레이터를 갖추게 된다.

63빌딩의 건축비의 2배에 이르는 비용으로 지어지는 닉스빌딩은 4년 7개월 후에는 국내 최고의 빌딩으로 태어날 것이다.

"닉스E&G가 할 일이 많아지네요?"

"예, 요즘 건설회사 중에서 가장 성장세가 높습니다. 올해 말이나 내년 정도에 주식을 재상장하는 것도 나쁘지 않을 것 같습니다."

김동진 실장의 말처럼 닉스E&C는 일이 넘쳐났고 매출도 국내 1~2위를 다툴 만큼 승승장구했다.

과거의 부실을 다 털어내고 새롭게 태어난 닉스E&C의 주식시장에 재상장을 기대하는 사람들이 많았다.

"음, 한번 고려를 해보죠. 앞으로 들어갈 돈도 많으니까요. 한라건설 건은 어떻게 되었습니까?"

닉스E&C가 많은 이익을 내고는 있었지만, 대규모로 벌이는 공사들이 하나둘이 아니었기 때문에 자금이 수요가 많았다.

재상장을 통한 자금조달로 안정적인 성장세를 이어가는

것도 나쁘지 않았다.

"한라건설이 진행하려던 옥수동과 금호동의 재개발사업이 좌초 위기에 처한 상황입니다. 책상에 올려놓은 오늘 자 신문 사회면에 그 내용이 자세히 실려 있습니다. 한라건설의 주가는 현재 6천 원대로 주저앉았습니다."

김동진 실장의 말에 책상에 놓인 신문을 펼쳤다. 사회면에 큰 제목으로 '비리로 얼룩진 재개발의 실태'라는 기사 실려 있었다.

그 중심에 한라건설과 옥수동과 금호동 재개발조합이 있다는 기사는 사회면을 대부분 채우고 있었다.

재개발조합의 조합장 부정 선거와 뇌물수수, 횡령, 사기 등 온갖 부조리한 범죄의 집합지가 금호동과 옥수동 재개발사업이며 관리 감독을 하는 구청과 시청의 건축과 공무원들도 이권에 깊숙이 개입한 정황이 그대로 들었다는 것도 밝혀졌다.

문제는 한라건설이 진행했던 이전의 재개발사업도 문제투성이였다는 점을 기사는 강조했다.

재개발사업의 비리가 언론에 크게 알려지자 검찰에서도 한라건설에 대한 조사가 벌어지고 있었다.

"재개발사업이 중단된 상황입니까?"

"예, 6개 조합 중에서 세 곳의 조합장이 구속되거나 현재 경찰에서 조사 중입니다. 주민들이 비대위를 만들어서 새로운 조합장을 선출하려는 움직임에 있고, 두 곳은 이미 조합장이 바뀌었습니다. 조합장이 바뀐 지역은 건설사를 바꾸기 위한 작업을 진행 중에 있습니다."

옥수동과 금호동 재개발사업에서 큰 이익을 보려고 했던 한라건설은 큰 위기에 빠진 상황이었다.

검찰은 한라건설 사장인 문상운을 소환해서 조사하고 있었고, 한라그룹 회장인 정태술까지 수사를 확대할지 고심 중이었다.

한라그룹은 어떡하든지 정태술 회장의 소환을 막기 위해 동분서주(東奔西走)하고 있었다.

"후후! 우리가 의도한 대로 흘러가는군요. 닉스E&C도 재개발조합과 접촉하도록 하십시오. 앞으로 북한과 자이르공화국에도 주택건설 사업을 진행해야 할 것입니다. 민영주택 사업 쪽에도 경험을 쌓아야 하자와 실수를 줄일 수 있습니다."

"예, 박대호 사장과 조율해서 보고를 드리겠습니다. 나머지 회사들은……."

현재 김동진 비서실장의 직급은 부사장급이었다. 향후 그룹 내 회사들이 늘어나고 규모가 더 커지면 사장급으로 올릴 생각이다.

닉스를 비롯한 회사별로 진행되고 있는 일들과 진척된 상황들에 대한 핵심적인 보고를 받았다.

닉스의 고급화 전략으로 탄생한 스톰과 작년에 인수한 브랜드인 겐조의 변신 작업의 결과가 서서히 나타나고 있었다.

스톰을 맡은 크리스토퍼 베일리와 겐조를 담당하는 마크 제이콥스가 서서히 자신들의 실력을 보여주기 시작했다.

닉스에서는 인수자금 외에 2천만 달러를 투자해 두 디자이너를 지원하고 있었다.

국내 사업의 보고가 끝나자 기다리던 룩오일NY의 루슬란 비서실장의 보고가 이어졌다.

"동시베리아의 파이프라인 공사는 순조롭게 진행되고 있습니다. 이르쿠츠크에서 슬류단카까지의 파이프라인은 올해 말까지 끝마칠 수 있을 것 같습니다. 중국 쪽은 퉁랴오부터 공사가 4월부터 시작됩니다. 코뷔트킨스크의 유전과 가스전에 대한 생산이……."

올해부터 코뷔트킨스크의 가스전과 유전의 본격적인 생산이 시작되는 해였다.

작년까지 주변 인프라와 생산시설 설치에 힘을 쏟았고 시험생산을 했다.

"음, 흑해유전의 시설 보수는 어떻게 되었습니까?"

룩오일을 인수할 때부터 흑해유전에서 원유를 생산했었다. 룩오일이 부실해지면서 제때에 시설 교체가 이루어지지 않았었다.

생산에 차질 없이 차례대로 낡은 생산설비에 대한 시설 교체 작업을 시작했었다.

흑해유전에서 생산된 원유는 모스크바와 유럽에 공급되고 있었다.

"85% 교체 작업이 이루어졌습니다. 6월이면 교체 작업 모두 끝날 예정입니다."

"다른 사업장의 시설들은 어떻습니까?"

"아직은 크게 문제 되는 곳은 없습니다."

"문제가 발생하기 전에 미리 설비에 대해 점검을 하라고 하십시오."

"예, 회장님의 말씀을 전하겠습니다. 알로사는 우크라이나의 키로프의 다이아몬드 연마공장을 인수하여 리모델링을 끝냈습니다. 키로프 공장에서 연마된 다이아몬드는 파리와 제네바, 비엔나에 공급될 예정입니다."

알로사 산하 보석브랜드인 파베르제 보석판매점이 세 도시에 문을 열어 영업 중이었다.

러시아의 러시아 보석 장인 칼 파베르제의 이름을 딴 판매점이었다.

"홍콩과 도쿄는 7월과 8월, 그리고 뉴욕은 10월에 파베르제 보석판매점이 차례로 오픈할 예정입니다."

"유럽에서의 파베르제의 판매는 어떻습니까?"

드비어스와의 협상을 통해서 알로사에서 생산되는 다이아몬드의 20%를 독자적으로 판매할 수 있었다.

해마다 2%씩 독자 판매를 늘릴 수 있었고, 이중 절반을 파베르제를 통해서 제작된 보석을 직접 판매를 했다.

"까르띠에와 쇼메보다 가격이 낮으면서도 뛰어난 품질의 다이아몬드로 가공된 보석을 선보였기 때문에 호응은 상당합니다. 러시아와 한국 보석디자이너들의 실력도 뛰어났기 때문에 판매는 예상을 뛰어넘고 있습니다."

한국의 디자이너와 보석 연마사, 주얼러, 세팅 전문가를 알로사에서 직접 채용하도록 했다.

우리 국민 체질이 섬세한 수공예에 강하고 손재주가 뛰어난 민족이라 보석디자인과 연마에도 뛰어난 실력을 갖추고 있다.

국제기능올림픽 금세공 분야에서 연속해서 금메달을 따내는 것을 봐도 알 수 있다.

파베르제를 유럽에 선보이기 위한 준비를 차근차근 진행해 왔었다. 그 준비의 하나로 국제보석디자인 콘테스트에서 상을 받은 인재들도 영입되었다.

파베르제의 보석 아트 디렉터인 파스칼 부르다리아의 지휘 아래 세계적인 보석전문업체인 티파니를 비롯한 반클리프 아펠과 까르띠에, 쇼메 그리고 불가리 등과 한판 대결을 벌일 준비를 한 것이다.

"중동 진출은 어떻게 진행되고 있습니까?"

다이아몬드와 금의 소비가 많은 곳이 중동이었다. 석유로 벌어들인 돈을 소비하고 자기 과시를 할 수 있는 것이 고가의 보석이었다.

"아랍에미리트의 아부다비백화점과 입점 협상을 진행 중입니다. 중동지역의 특수성 때문에 현지 조사 후에 입점 시기가 결정될 것 같습니다."

루슬린의 말처럼 아랍에미리트 수도인 아비다비를 비롯한 중동지역은 남녀를 불문하고 고가의 보석과 장신구를 좋아했다. 일반적인 명품 보석보다는 소장 가치가 높고 특별히 제작한 한정품을 더 선호했다.

특히나 이슬람의 여성들은 외출 시 얼굴 노출을 금하고 있어 집에서는 손과 발은 물론이고 머리와 가슴 등에 온갖 장신구를 착용하며 부를 과시하는 것을 즐겼다.

평소 마음껏 드러낼 수 없는 자기 과시욕을 집에서 해소하는 것이다.

"중동은 보석의 가치보다 희소성을 더 중시한 판매전략

을 짜는 것이 좋을 것입니다. 그 점을 파베르제 판매팀에 전달하십시오."

부를 과시하기 좋아하는 중동 남자들의 특성상 누구도 갖지 못한 자신만의 제품과 컬렉션을 원했다.

"예, 전달하겠습니다. 라두가 자동차가 생각했던 것보다 더 빠르게 성장하고 있습니다. 다음 달에 추가로 모스크바와 예카테리부르크에 매매단지를 신설할 계획입니다."

라두가 자동차의 성장세는 어느 정도 예상했지만, 러시아의 어려운 경제환경에서도 생각 이상으로 성장세를 구가하고 있었다.

중고자동차였지만 새 차 못지않게 관리와 A/S 받을 수 있게끔 만든 시스템이 인기를 끌게 만든 비결이었다.

러시아 국민들의 호주머니 사정에 맞춘 판매전략과 다양한 차종도 한몫 거들었다.

"미국에서의 자동차 공급은 문제없습니까?"

"예, 문제없습니다. 지시하신 대로 유럽의 중고자동차 업체와도 접촉하여 가격을 협상하고 있습니다."

러시아와 붙어 있는 유럽은 물류비를 줄일 수 있었다. 현재까지는 미국에서의 공급이 원활했지만, 신규 매매단지와 판매가 빠르게 느는 추세에서는 지금처럼 상태가 좋은 중고자동차들을 계속 공급받기는 힘들어진다.

라두가 자동차가 지금처럼 계속 성장하려면 상태가 좋은 중고자동차를 지속해서 공급받아야만 했다.

"음, 소빈뱅크는 별도로 보고를 받을 테니까, 코사크로 넘어가지요."

룩오일NY와 닉스홀딩스의 자금의 흐름을 관리하는 소빈뱅크의 보고는 루슬란 비서실장을 거치지 않는 경우가 많았다.

"예, 코사크는 현재 2개 팀의 타격대를 더 창설하기 위해 준비 중입니다. 올해 9월까지 러시아의 주요 도시마다 코사크의 본부들을 갖출 준비를 맞췄습니다. 모스크바 중앙본부를 필두로 해서……."

러시아의 핵심적인 마피아들을 제압하자 코사크의 행보는 더욱 거칠 것이 없었다.

모스크바에 진출하는 외국 기업은 물론 현지 기업들도 코사크에게 경비와 경호를 요청했다.

러시아에서의 안전은 바로 코사크로 통했다.

자이르공화국의 해방작전 성공을 위해서 최대 5백 명의 코사크 전투 대원들이 투입될 예정이다.

이들은 카로의 민병대와 함께 모부투 세세 세코 대통령을 축출할 것이다. 이를 위해서 가장 큰 반군세력을 이끌고 있는 로랑 카빌라를 이용하는 전략을 준비 중이었다.

카로의 민병대가 완벽하게 갖추어지는 올해 말 자이르공화국은 새로운 변화를 맞이하게 될 것이다.

러시아의 사업보고는 점심을 먹고 나서도 계속되었다.

예인이의 고백이 있었던 후부터 일부러 회사 일에 더욱 매달렸다.

그것이 어지러운 생각과 복잡한 마음을 잊게 만드는 약인 것처럼…….

*   *   *

강남의 고급 룸살롱에 한라그룹의 정문호와 대산그룹의 이중호, 그리고 대용그룹의 후계자인 한종우가 모였다.

두 사람은 정문호의 퇴원 기념으로 술자리를 마련했다.

"고생 많았다."

이중호가 정문호에게 술을 따라주었다.

"정말 병원에서 이게 생각나서 죽는 줄만 알았다."

정문호는 이중호가 따라준 위스키를 단숨에 목구멍으로 넘겼다.

"몸은 이제 다 나은 거냐?"

한종우가 다시 정문호에게 조니 워커 블루를 따라주며 물었다.

"뼈들은 제대로 붙었는데, 아직은 무리하면 좀 힘들어. 이번 달까지는 물리치료를 꾸준히 받아야 해."

"어떤 놈들인지는 아직 모르고?"

"한국을 떠났는지 아니면 산속에 꼭꼭 숨었는지 찾기가 힘들어서 말이야, 이젠 놈들의 얼굴도 잘 생각나지 않아. 그리고 요새 우리 꼰대가 완전히 저기압이라서 그 일에 매달릴 수도 없다."

이중호의 말에 정문호는 인상을 찡그리며 술을 마셨다. 병원에 입원한 후부터 복수를 위해 자신을 이렇게 만든 놈들을 찾았지만 어디에 숨었는지 찾을 수가 없었다.

더구나 한라그룹에 좋지 않은 악재들이 연속해서 터지자 아버지인 정태술이 자중하고 있으란 말 때문에 복수를 잠시 미뤄두고 있었다.

"한데 요새 한라가 왜 이리 시끄러운 거야?"

정문호의 말에 기다렸다는 듯이 한종우가 물었다. 한라㈜에 이어서 한라건설까지 한라그룹의 핵심 회사들이 여러 구설수에 휘말리고 있었다.

"내부적인 문제가 아니라 외부에서 우릴 공격하는 놈들이 있는 것 같아. 한라 건도 그렇고 이번 한라건설 문제도 언론에다가 놈들이 입수한 회사의 내부 정보를 흘린 것이 확실해. 아직 놈들의 실체도 모르겠고."

"내부 정보라니? 회사 직원이 연관된 거야?"

이중호가 궁금한 듯 물었다.

"말하자면 복잡해. 하여간 요즘 우리 꼰대가 장난이 아니야, 나도 피할 정도라니까. 언론들도 요즘 한라건설을 못 잡아먹어서 안달이잖아."

"정 회장님께서 나름대로 언론사들을 잘 관리하셨잖아."

이중호의 말처럼 연일 한라건설의 재개발사업이 언론의 도마 위에 오르내리고 있었다.

"기레기 새끼들이 지들 좋을 때는 시도 때도 없이 찾아와서 꼬랑지를 살랑거리더니, 이젠 본체만체한다니까. 펜대나 굴리는 개새끼들이 말이야."

정문호는 기자들에게 강한 적대감을 드러냈다. 몇몇 신문사는 한라건설에 대해서 순화된 기사를 내보냈지만 대다수는 재개발사업의 비리종합선물세트라는 말을 쓰면서 여론을 이끌고 있었다.

여론의 영향 때문인지 한라건설의 주가는 액면가에 가까운 5천 원대까지 떨어졌다.

더구나 주식시장에서 금호동과 온수동 재개발사업에서 한라건설이 손을 뗀다는 소문 때문에 주가는 올라갈 기미가 없었다.

"신문기사에는 검찰 조사 이야기까지 나오던데 정 회장

님은 문제없는 거지?"

"모르겠다. 꼰대가 알아서 하겠지만 여러 가지로 걱정하는 눈치더라. 나름대로 정치권에 줄이 있으니까, 잘 대응하겠지. 자! 피곤한 이야기는 그만하고 이제 술이나 마시자."

정문호는 피곤하듯 말했다.

"그래, 알아서 잘하실 거야. 애들이나 부르자."

한종우가 자리에서 일어나 인터폰으로 홀에다 연락을 취했다.

정문호는 자신의 파트너에 그다지 관심을 두지 않았다. 이전과는 전혀 다른 모습이었다.

"어찌 된 일이야? 병원에서 고자가 된 거야? 천하의 정문호가 여자를 옆에 두고서 술만 마시고 있게."

의아한 표정으로 이중호가 정문호를 보며 말했다. 여자라면 사족을 못 쓰던 정문호였다.

"후! 이젠 웬만한 애들은 눈에 들어오지 않아서 말이야."

"무슨 소리야? 네 파트너가 여기에서 에이스인데."

자신의 파트너와 진한 키스를 나누던 한종우가 정문호 보며 말했다.

그의 말처럼 정문호의 옆에 앉은 골든벨의 에이스인 소희라는 아가씨는 쉽게 볼 수 없는 미인이었다.

21살의 나이에 걸맞지 않게 육감적인 몸매까지 지닌 소희는 골든벨에서 특별히 관리하는 아가씨였다.

"예인이 때문이냐?"

이중호는 정문호가 송예인을 좋아하는 걸 알고 있었다. 하지만 납치사건은 알지 못했다.

"정말 모든 게 예술이었다. 지금까지 내가 봐온 여자 중에서 그런 애는 없었어. 아니 앞으로도 평생 만날 수 없을 것 같아. 후! 그냥 정식으로 사귀자고 할 것 그랬나 봐."

아쉬운 표정으로 말하는 정문호는 술잔에 담긴 위스키를 단숨에 비웠다.

"하하하! 천하의 바람둥이를 지향하던 정문호가 사랑에 빠진 거야?"

그 모습에 한종우가 말이 안 된다는 표정으로 크게 웃었다.

정문호는 평소 자신은 절대로 한 여자에 빠지지 않는다고 자신 있게 말해왔었다. 그 말을 실천하듯이 한두 달이면 늘 여자를 불량 전구 바꿔 끼듯이 갈아치웠다.

"사랑이라… 어쩌면 네 말이 맞을 수도 있겠네. 다른 여자가 눈에 들어오지 않으니 말이야."

언제나 옆에 여자가 있어도 정문호는 늘 새로운 여자를 탐닉하듯 찾았다. 하지만 송예인을 알고 나서는 모든 게 달라져 버렸다. 이젠 그 어떤 여자도 자신을 만족하게 해주지 못한다는 것을 잘 알게 되었다.

"정말이지 서쪽에서 해가 뜰 일이네."

한종우는 믿기 힘든 표정으로 말했다.

"다시 대시라도 해보려고?"

이중호가 정문호를 보고 물었다. 정문호가 이러한 모습을 보이는 걸 이중호도 처음 보았다.

"어쩌면… 날 알아보지 못할 테니까."

송예인을 납치했을 때 그녀는 마취된 상태였고, 정문호의 얼굴을 보지 못했다.

아직도 정문호는 송예인을 포기하고 싶은 마음이 없었다.

"그게 무슨 말이야?"

"그런 게 있어. 자! 거국적으로 한잔하자."

정문호의 건배 제의에 룸 안에 있는 모든 사람들이 잔을 높이 들었다.

"문호의 퇴원과 사랑을 위해!"

"사랑을 위해!"

이중호의 외침에 자리에 있는 사람들 모두가 함께 외쳤다.

Chapter 3

　홍대 나들이는 오랜만이었다.

　젊음이 넘쳐나는 홍대 거리는 토요일을 맞이해서 더욱
사람들로 붐볐다.

　오늘은 예인이가 속해 있는 블루문의 공연이 있는 날이
었다.

　"공연은 예인이가 하는 건데 내가 다 떨리네."

　가인이는 예인이의 공연을 무척 기대하는 눈치였다.

　공연장은 백이십여 명 정도의 사람들이 들어올 수 있는
소규모 공연장이었다.

오늘 공연에는 블루문을 포함한 다섯 팀의 공연이 있었다.

예인이는 공연준비를 위해서 일주일 전부터 밤 11시를 넘어서야 들어왔다.

그 때문에 나와 마주치는 일이 없었다.

"열심히 준비한 것 같던데."

"연극할 때보다 더 열심이었다고. 지금까지 예인이가 그렇게 빠져든 적이 없었어."

가인이는 예인이가 겪은 일로 인해서 좋지 않은 영향을 줄까봐 노심초사했었다.

예인이가 기타를 배우고 음악을 한다고 하자 가인이는 적극적으로 지지하며 응원해 주었다. 자신이 좋아하는 일에 빠져드는 것이 나쁜 기억에서 벗어날 수 있는 일이기도 했기 때문이다.

"사람들이 점점 많아지는데?"

공연이 시작되기 10분 전이 되자 공연장은 사람들로 가득했다.

"꽃 구겨지지 않게 잘 들어."

가인이의 말에 꽃다발을 위로 올렸다. 약속했던 플래카드는 준비하지 못했지만, 홍대에서 가장 큰 꽃집에 들러 가장 예쁘고 화려한 꽃다발을 만들어왔다.

꽃집에 있는 고급 품종의 여러 가지 장미들과 꽃들을 섞어서 만든 장미꽃다발에서 풍겨 나오는 향기가 주변을 가득 채웠다.

다행히 우리가 서 있는 곳에 테이블이 있어 그 위에 올려놓았다.

공연히 시작되는 시간이 되자 공연장은 발 디딜 틈도 없이 사람들로 넘쳐났다.

첫 공연팀은 활화산이라는 록밴드 팀이었다.

꽉 찬 공연장에 열기를 불어넣기 위해선지 열정적으로 연주하기 시작했다.

전자기타와 드럼 연주 소리가 공연장을 채우자 사람들을 하나둘 음악에 심취하기 시작했다.

실력은 뛰어나지 않았지만, 열정만은 최고인 팀이었다. 한 가지 아쉬운 점은 보컬의 목소리가 연주와 따로 놀고 있다는 느낌이 들었다.

두 팀이 더 공연을 펼치고 잠깐 쉬는 시간을 가졌다. 두 팀도 열정만은 최고였지만 아마추어의 느낌은 지울 수가 없었다.

하지만 사람들은 뜨겁게 환호했고 음악이라는 매개체로 삼아 하나가 되었다.

공연티켓에는 맥주 한 병이나 음료수를 먹을 수 있는 쿠

폰 역할을 했다.

"자! 건배하자고"

난 티켓으로 바꿔온 병맥주를 가인이게 건네면서 말했다.

"작은 공연장이라서 그런지 신나고 좋은데?"

"그렇게 열기가 이렇게 뜨거운지 몰랐어."

"예인이가 잘할지 걱정돼."

"잘할 거야. 예인이는 뭐든지 잘하잖아."

"하긴, 내가 괜한 걱정을 하는지도 모르지. 치얼스!"

가인이는 들고 있던 맥주병을 들어서 내 맥주병에 부딪치며 말했다.

잠시 화장실을 갔다 오자 공연이 다시 시작되었다.

네 번째 팀인 Wild horse(야생마)라는 이름의 록밴드였다. 실력은 앞 팀보다도 조금 떨어졌고 간간이 실수도 나왔지만, 공연장을 찾은 사람들은 크게 호응해 주었다.

작은 공연장에서만 느낄 수 있는 끈끈한 정과 열기가 실수도 묻어가게 만들었다.

"마지막 팀이 예인이 팀인가 보네."

오늘 공연은 총 다섯 개 팀이 3곡을 연주하고 노래를 부르는 것으로 짜여 있었다.

드디어 기다리던 예인이가 속한 블루문이 나왔다.

예인이을 포함한 3명의 기타리스트와 드럼, 건반으로 구성된 밴드였다.

보컬은 맡은 예인이와 건반을 맡은 연주자는 여자였다.

예인이는 모두 검은색으로 옷으로 위아래를 입었고 평소와 달리 화장도 진하게 했다.

그 모습이 평소에 보던 얌전하고 청초하던 예인이와는 전혀 달랐다.

고혹적이고 매혹이 넘쳐나는 모습으로 바뀐 예인이의 눈이 나를 향하고 있었다.

첫 곡은 국내 헤비메탈 록밴드인 블랙홀(Black Hole)의 '깊은 밤의 서정곡' 이었다.

연주가 시작되고 노래는 예인이가 아닌 밴드의 리드기타를 맡고 있는 남자가 불렀다.

"까맣게 흐르는 깊은 이밤에 나홀로 외로이 잠 못 이루네
파란 별빛만이 나의 창가로 찾아드네.
…
어두운 하늘만 나의 눈가에 사라지네."

연주는 그런대로 괜찮았지만, 노래를 맡은 남자의 노래 솜씨가 많이 부족했다.

하지만 눈에 확 띄는 미모와 생각했던 것보다 뛰어난 예인이의 연주 실력에 사람들은 어떤 때보다 크게 환호성을

질렀다.

두 번째 곡이 곧바로 시작되었다.

건즈 앤 로지즈(Guns N' Roses)의 'Don' t Cry' 이었다.

건즈 앤 로지즈는 1985년도에 결성한 미국의 하드 록밴드다. 돈 크라이(Don' t Cry) 1991년 발표했던 록발라드였고. 우리나라에 한창 인기를 끌었다.

도입부 연주가 끝나자 예인이가 목소리가 공연장에 울려 퍼졌다.

그 순간 공연장에 있는 모두가 숨을 죽이고 예인이의 노래를 경청했다.

"Talk to me softly

There' s something in your eyes

Don' t hang your head in sorrow

And please don' t cry

부드럽게 말해줘

너의 눈에는 무언가가 엿보여

슬픔에 빠져 있으면 안 돼

그리고 제발 울지 말길

…

Don' t you cry tonight I still love you baby

Don' t you cry tonight

Don't you cry tonight

There's a heaven above you baby

And don't you cry tonight

오늘 밤엔 울지 마

난 아직도 너를 사랑해

오늘 밤엔 울지 마

제발 울지 마

너의 머리 위에 천국이 있거든

오늘 밤엔 울지 말길

......"

예인이의 목소리는 상큼하면서도 폭발적인 느낌으로 다가왔다.

건즈 앤 로지즈의 보컬인 액슬 로즈와는 다른 목소리였지만 그에 못지않은 뛰어난 가창력과 곡에 담긴 느낌이 고스란히 전달되었다.

노래와 연주가 끝났는데도 공연장에 모인 사람들은 멍한 표정으로 예인이만을 바라보고 있었다.

예인이가 보여준 간절하고 애틋한 정서가 관객을 사로잡아버린 것이다.

예인이가 보여준 마술에서 깨어난 관객 하나가 박수를 치자 모두가 열광하면 공연장이 떠나갈 듯이 환호성을 질렀다.

5분 넘게 환호성이 계속되었고 다음 곡을 부를 수 없게 만들었다.

환호성이 잦아들자 다시금 예인이가 마이크를 잡았다.

"다음 곡은 제 마음을 표현한 자작곡입니다. 아직 제목을 붙이지는 못했습니다. 이 노래에 담긴 진심이 제가 사랑하는 사람에게 전달되었으면 좋겠습니다."

예인이의 말이 끝나자 피아노 선율만이 공연장에 울려 퍼졌다.

그리고 노래가 시작될 때 기타 소리가 애절하게 들려왔다.

"사랑하는 그대여
그대는 아름다운 보석을 품고 있는 사람이에요.
내 사랑이 되어줄 수 있나요?
하늘에 별이 떨어지고
달이 사라지는 날이 올지라도
내 사랑은 변하지 않아요.
그대의 손을 잡고 그대의 눈을 보며
세상 끝나는 날까지
함께해 줄 수 있나요?

바람이 불어오면 전 하늘로 올라가
사랑의 맹세를 달에 새길 거예요.
사랑하는 그대여
내 사랑이 되어줄 수 있나요?
…

난 영원히 그대만의 소녀로 있을 거예요.
그댄 내 사랑이 되어줄 수 있나요?
그 날이 올 때까지 이 마음 가져갈게요.
세상 끝나는 날까지……."

조용하게 공연장에 울려 퍼지는 예인이의 노래가 내 마음을 시리도록 아프게 파고들었다.

눈을 감고 노래를 부르던 예인이의 슬픈 눈이 나를 바라보는 순간 나도 모르게 눈물이 양 볼을 타고 흘러내렸다.

예인이는 지금 나에게 애절하게 묻고 있었다. 하지만 난 그 대답을 영원히 해줄 수 없을 것만 같았다.

공연장은 예인이의 공연으로 인해서 난리가 아니었다. 공연을 보러온 사람들은 앞에 공연을 펼쳤던 팀과는 전혀 다른 반응을 보였다.

먼저 공연했던 네 개의 팀이 유명 가수와 유명 밴드를 따라 했다면 예인이가 속한 블루문은 자신만의 색깔을 확실히 보여주었다.

부족한 실력은 분명 있었지만 그걸 뛰어넘을 만한 매력을 표출했던 공연이었고, 그 중심에 예인이가 있었다.

모든 공연을 끝났는데도 사람들은 블루문에 대한 앙코르를 계속 외쳤다.

"블루문!"

"앙코르! 블루문!"

결국 팬들의 요청으로 블루문은 처음 노래를 불렀던 블랙홀의 '깊은 밤의 서정곡'을 예인이가 다시 불렀다.

예인이 특유의 감성과 투명하고 톤 높은 목소리가 어우러진 깊은 밤은 서정곡 또한 새롭게 다가왔다.

밴드들의 공연이 모두 끝났는데도 사람들은 공연장을 떠나려고 하지 않았다.

그만큼 예인이의 노래가 깊은 여운과 감동을 만들어냈다.

"왜 울었어?"

예인이에게 꽃다발을 전해주러 가는 중에 가인이가 물었다.

눈물을 몇 번 훔치는 것을 가인이가 지켜본 것이다.

"어? 노래가 너무 마음에 와 닿아서."

"후후! 오빠가 그렇게 감성적인지 몰랐네. 하긴 나도 듣는 동안 마음이 찡하더라고."

대기실로 향하는 통로는 사람들로 북적거렸다. 공연을 마친 팀들을 빠져나가지 못할 정도로 혼잡스러웠다.

좁은 통로에 가득 찬 사람들의 손마다 꽃다발이 들려 있었다.

자신이 좋아하는 밴드에게 주려고 준비했던 꽃다발이었다. 하지만 오늘 공연을 통해서 이들이 만나고 싶어 하는 사람은 모두가 블루문의 예인이었다.

"통로가 복잡하니 밖에서 기다려 주세요. 여기서 이러면 다른 팀들이 나가질 못합니다."

공연장 관계자가 사람들을 밖으로 유도하고 있었다.

우리는 가족이라는 이유로 예인이가 대기하고 있는 방으로 향할 수 있었다.

좁은 대기실 안에서 예인이는 짙은 화장을 지우고 있었다.

"정말 잘했어."

가인이는 예인이를 보자마자 힘껏 안으면서 말했다.

"공연 잘 봤다. 정말 잘하던데."

나는 가져온 꽃다발을 전하면서 말했다.

"와! 정말 예쁜데. 들고 있기도 힘들어."

예인이의 말처럼 꽃다발이 그녀의 얼굴을 가릴 정도로 풍성했다.

"저녁, 먹어야지?"

"어떡하지, 밴드 멤버들하고 뒤풀이를 하기로 해서."

가인이의 말에 예인이는 무척 아쉬운 표정으로 말했다.

"할 수 없지. 너무 늦지 않게 들어와."

"그럴게. 오빠랑 좋은 시간 보내."

예인이는 활짝 웃으면서 말했다. 공연 중에 보았던 슬픈 표정은 온데간데없이 사라진 모습이었다.

"그래야겠다. 멤버들하고 재미있게 놀다 와."

나와 가인이는 예인이를 뒤로 한 채 공연장을 나왔다.

홍대의 거리는 밤이 깊어 갈수록 더욱 사람들로 북적이고 있었다.

거리의 사람들은 밤하늘이 잃어버린 별처럼 인파에 휩쓸려 어디론가 걸어갈 뿐이었다.

*   *   *

깊게 패인 신세계파의 김욱의 미간은 찡그린 표정으로 인해 더 골이 깊어졌다.

"후! 결국 사단이 났군."

김욱의 눈이 가리키고 있는 것은 조간신문의 일면이었다. 옥수동과 금호동 재개발사업의 비리로 인해서 한라그룹의 정태술 회장이 참고인 자격으로 검찰에 소환된 것이다.

하지만 여론에 따라서 참고인 조사에서 피고인 조사로 바뀔 수도 있는 상황이었다.

사진 속 정태술 회장은 몸이 좋지 않은지, 얼굴에는 흰색 마스크와 환자복 차림으로 휠체어를 타고 검찰청에 들어가는 모습이었다.

이미 한라건설의 사장과 직원 일부가 피고인 자격으로 조사를 받고 있었다.

정태술은 김욱에게 경고했었다.

자신이 만약 검찰 조사를 받게 되면 세기건설과의 모든 관계를 끊겠다는 경고였다.

정태술을 검찰에 나올 수밖에 없게 만든 것은 세기건설에서 탈취된 서류 때문이었다.

그런데 요즘 세기건설에서 서류를 탈취한 세력이 강남파라는 정보가 들어오고 있었다.

문제는 강남파의 정이섭이 지금 시점에서 신세계파를 건드릴 이유가 없었다.

"세기건설에 침입한 놈들 중에서 확인된 놈입니다."

김욱의 비서실장인 김기춘은 사진들을 내밀었다. 3장의 사진에는 각기 다른 인물들의 사진이 찍혀 있었다.

"이놈들이 다 강남파에 속한 놈들이라는 거지?"

김욱은 사진 속 인물들을 가리키며 말했다. 식당과 모텔에서 나오는 인물 사진이 선명하게 찍혀 있었다.

"예, 하부 조직의 인물이긴 하지만 강남파는 맞습니다. 세기건설의 사무실 직원들이 놈들의 얼굴을 확인했습니다."

신세계파는 자신들이 관리하는 흥신소 직원들을 동원해서 강남파 인물들을 조사해 왔다.

"이 시기에 강남파가 우릴 건드려서 이익을 볼 이유가 있나?"

김욱은 아무리 생각해 봐도 강남파가 자신을 건드릴 이유를 찾지 못했다.

"저희 쪽 돈줄을 자르려고 한 것일 수도 있습니다."

"음! 그럴 수도 있겠지. 하지만 그렇다고 해도 이번 일은 이해가 잘 안 돼."

김욱은 강남파을 이끄는 정의섭의 성격을 잘 알고 있었다. 그는 섣불리 움직이는 성격이 아니었다. 현재 강남파와 신세계파의 세력은 비슷한 상황이었고, 정부가 펼쳤던 범죄와의 전쟁 이후 인해 조직 간의 전쟁도 자중하고 있었다.

한마디로 지금 강남파가 신세계파를 치는 것은 실익이 없었다.

"놈들을 이대로 두고 볼 수는 없지 않습니까? 한라건설이 없으면 세기건설은 독자적으로 살아남기 힘이 듭니다. 저희가 아닌 강남파가 이번 일을 주도했다는 것을 한라건설에 전달해야 합니다."

"음, 이놈들 중에 하나를 잡아와. 확실하게 놈들이 세기건설을 친 이유가 뭔지를 알아야겠어. 그러고 나서 움직이든 말든 결정해도 늦지 않으니까."

정말 강남파가 전쟁을 원한다면 김욱은 피할 생각은 없었다. 한 산에 호랑이가 둘이 살아갈 수 없는 것처럼 강남에도 주인은 하나여만 했다.

"예, 곧바로 조치하겠습니다."

김기춘은 자리에서 일어나 사무실을 떠났다.

"정의섭, 네가 스스로 무덤을 판 것이다."

김욱은 푹신한 소파에서 일어나 강남대로 변을 내려다보았다.

그의 눈에 들어오는 도로의 수많은 차량과 사람들이 오고 가는 강남은 서울의 중심이자 대한민국의 중심이었다.

강남을 손에 넣으면 서울을 장악할 수 있고, 서울을 장악하면 전국을 제패할 수 있었다.

* * *

이종수는 오랜만에 친구들과 기분 좋게 술을 마시고 집으로 향했다.

요즘 주머니 사정이 넉넉해진 덕분이기도 했다.

"오늘 혜정이나 보러 갈까?"

술을 마시니 여자 생각이 났다. 자주 가는 방석집에서 일하는 아가씨였다.

"그래, 이 기분에 그냥 가기는 그렇지."

이종수가 발걸음을 뒤로 돌릴 때였다. 네 명의 인물이 그의 앞길을 막아섰다.

"네가 이종수지?"

풍겨오는 분위기가 동네에서 노는 양아치들은 아닌 것 같았다.

그렇다고 경찰은 더더욱 아니었다.

"그래 내가 강남파의 이종수다. 뭐하는 새끼들인데 길을 막고 지랄이야?"

이종수는 강남파라는 말을 힘주어 말했다. 강남을 분할하고 있는 강남파를 건드릴 수 있는 조직은 오로지 신세계파뿐이었다.

더구나 아무리 신세계파라도 강남파의 조직원을 이유 없이 함부로 건드릴 수 없었다.

"같이 좀 갈 때가 있다."

강남파라는 말을 했는데도 네 명의 인물들은 물러설 기미가 전혀 없었다.

이종수는 느낌이 좋지 않았다.

"하하하! 이 새끼들 봐라. 야! 여기다."

이종수는 일부러 크게 웃으며 마치 일행이 온 것처럼 앞을 보며 손을 흔들었다.

그러자 네 명의 인물들이 주춤하며 뒤를 돌아보았다. 이종수는 그 순간을 이용해 뒤쪽으로 내달렸다.

"저 새끼 잡아!"

네 명의 인물이 이종수 달아난 쪽으로 소리치며 쫓기 시작했다.

하지만 이종수는 얼마 가지 못했다.

끼이익!

봉고차 한 대가 내달리던 이종수의 앞길을 가로막았다.

봉고차에서도 세 명의 인물이 알루미늄 야구방망이를 들고서 내려섰다.

뒤로 다시 돌아갈 수도 없었다. 이종수를 쫓던 네 명의 인물이 뒤쪽을 막아섰기 때문이다.

"이 새끼가 좋게 말로 할 때 가지, 꼭 매를 벌어요."

"날 건드리면 강남파가 가만있지 않아."

이종수는 다시 한 번 강남파를 입에 올렸지만, 놈들을 아무렇지 않은 표정들이었다.

"걱정하지 마. 누구도 널 찾지 못하게 할 테니까."

'시발, 끌려가면 끝이다.'

이종수는 끌려가면 끝이라는 걸 느낌으로 알 수 있었다.

"여기서 피 보지 말고 차에 타자."

이종수를 잡으려고 하는 무리를 이끄는 인물이 타이르듯 말했다.

양쪽에서 포위망을 좁혀오자 이종수는 자포자기한 심정이었다. 한두 명은 몰라도 일곱 명을 상대할 자신이 없었다.

더구나 네 명은 무기까지 들고 있었다.

"시발! 이대로 죽지 않아."

호기 있게 외쳤지만 절망적이었다.

그때였다.

부아앙!

뒤편에서 봉고차 두 대가 무서운 속도로 달려왔다.

이종수를 포위하던 일곱 명은 봉고차를 피하기 위해 뒤로 물러날 수밖에 없었다.

두 대의 봉고차에서 문이 열리자 쇠파이프와 야구방망이를 든 열두 명의 사내들이 쏜살같이 내렸다.

"이 새끼들이 강남파를 건드려!"

"다 조져 버려!"

사내들은 큰소리로 소리치며 이종수를 잡으려고 했던 일곱 명에게 달려들었다.

길을 막고 있던 청색 봉고차에 타고 있던 두 명의 인물이 내리려고 할 때, 뒤편에서 새롭게 나타난 트럭이 그대로 봉고차를 박아버렸다.

쾅!

봉고차는 그대로 길옆으로 밀려나면서 옆으로 쓰러졌다.

이종수를 잡으려고 했던 신세계파 인물들은 작정하고 나타난 인물들을 당할 수가 없었다.

놈들의 싸움 솜씨가 보통이 아닌 데다가 쪽수로도 중과부적이었다.

다급했던 이종수까지 악에 받쳐 싸움에 끼어들자 일곱 명의 인물들 모두가 바닥에 쓰러질 수밖에 없었다.

"캬~ 악! 퉤! 개새끼들 강남파를 우습게 보면 이 꼬락서니가 되는 거야."

쓰러져 있는 신세계파 인물에게 가래침을 뱉으며 말하는 인물은 강남파라는 말을 크게 강조했다.

"자! 가자!"

침을 뱉은 사내가 소리치자 싸움을 벌였던 인물들은 일 사불란하게 타고 온 봉고차에 올라탔다.

두 대의 봉고차가 빠져나갈 때까지 이종수는 멍한 표정 을 지었다.

분명 자신을 도운 인물들은 강남파인 것 같았지만 다들 처음 보는 사내들이었다.

모자와 마스크로 얼굴을 가렸지만 몇몇 인물은 싸움 도 중에 모자와 마스크가 벗겨졌다.

"한데 쟤들은 누구지?"

어리둥절한 이종수는 자리를 피할 수밖에 없었다. 언제 다시 바닥에 쓰러져 신음성을 내지르는 놈들의 동료들이 달려올지 모르기 때문이다.

당분간은 집을 떠날 생각이었다. 큰돈에 이끌려서 잠깐 아르바이트를 한 것이 문제가 생긴 것이 분명했다.

하루 일당 오백만 원을 받고서 사무실 하나를 박살 냈던 것이 마음에 걸렸다.

이종수마저 사라지자 바닥에 신음성을 내지르며 쓰러져 있던 신세계 인물 하나가 힘겹게 일어섰다.

간신히 근처에 있는 공중전화로 가서는 김기춘에게 전화 를 걸었다.

"여보세요?"

─강남파가 저희를 기다리고 있었습니다. 으윽! 모두 당했습니다.

"알았다. 애들을 보내겠다."

김기춘은 전화를 끊자마자 신세계파 행동대를 호출했다. 놈들이 기다렸다는 것은 이미 전쟁을 준비하고 있었다는 방증이었다.

그때였다.

테이블에서 전화벨이 요란하게 울렸다.

"여보세요?"

─주류 도매상이 털렸습니다.

김기춘이 전화기를 들자마자 인상이 구겨졌다. 신세계파에서 관리하는 강남의 주류 도매상에 일단의 무리에게 습격을 당한 것이다.

신세계파의 행동대들이 논현동에 자리 잡고 있는 세계주류 도매상에 도착했을 때는 이미 모든 상황이 정리된 상태였다.

야적장 바닥에는 깨진 술병들과 술 상자들이 어지럽게 사방에 널려 있었다.

사무실도 온전하지 못했다. 유리창이 모두 깨지고 집기

들도 바닥에 아무렇지 않게 나뒹굴었다.

바닥에는 핏자국들이 선명하게 나 있었고, 그 주변으로 세계주류를 관리하는 신세계 조직원들이 신음성을 내며 쓰러져 있었다.

조직원이 아닌 일반 직원들은 주류 창고에 갇혀 있었다.

"어떻게 된 거야?"

새롭게 신세계파의 행동대를 이끄는 조성규가 피가 흐르는 머리를 부여잡고 있는 조직원에게 물었다.

"갑자기 정전되더니 놈들이 들이닥쳤습니다. 그리고 강남파를 건드린 대가는 소리를 들었습니다."

"확실히 강남파라는 소릴 들은 거야?"

"예, 확실히 들었습니다."

조성규의 물음에 세계주류 창고에서 일하는 조직원은 머뭇거림 없이 대답했다.

"놈들에게 받은 만큼 그대로 돌려준다."

조성규는 바닥에 떨어진 전화기를 집어 들었다. 김기춘 비서실장에게 보고하기 위해서였다.

비서실장의 보고를 받은 김욱의 표정은 심각하게 굳어졌다.

"노골적으로 전쟁하자는 것인데……."

김욱은 고심할 수밖에 없었다. 강남파는 조직원의 숫자가 신세계파보다 많았다.

신세계파는 조직원들의 숫자에서는 밀리지만 조직의 가장 큰 무기인 암살단을 운영하고 있었다.

또한 행동대 중 상당수가 권투나 태권도, 유도를 비롯한 격투기를 배운 인물들이었다.

양보다 질을 선택한 것이기도 했고, 김욱이 스포츠 단체와 격투기 협회의 임원이기 때문에 가능한 일이었다.

"이대로 가만있으면 조직원들의 사기가 떨어집니다. 강남파에게 시간을 줄수록 우리가 불리합니다."

이인자로 자리를 잡은 비서실장 김기춘의 말이었다. 지금 당장 강남파를 이끄는 정의섭을 쳐야만 승산이 있었다.

강남파의 조직원들이 모두 소집된 상태에서 전쟁을 벌이면 신세계파가 불리했다.

"음, 그래. 시간을 끌면 우리가 힘들겠지. 정의섭은 지금 어디 있지?"

"현재 영동호텔에 머무는 걸 확인했습니다."

행동대장인 조성규가 대답했다. 신세계파는 강남파의 정의섭의 행적을 일주일 전부터 추적해왔다.

"정의섭의 경호는?"

"보통 열 명 정도의 보디가드를 대동합니다."

김욱의 말에 김기춘이 대답했다.

"놈들의 실력은 어떤데?"

"다들 싸움에 일가견이 있는 놈들입니다. 그중 셋은 알아 주는 전국구 칼잡이입니다. 어쭙잖은 실력으로는 놈들을 뚫을 수는 없습니다."

"음, 그럼 암살단을 동원해야 한단 말인데."

김기춘의 말에 김욱은 고민이 깊어졌다. 암살단은 아무 래도 조용하고 은밀하게 움직여야만 힘을 발휘할 수 있었 다.

그러나 지금은 노출된 장소에서 정의섭의 보디가드들을 상대해야만 했다. 더구나 조금만 시간을 주면 강남파의 조 직원들이 벌떼처럼 달려들 것이다.

"놈이 본거지로의 이동하면 더욱 힘들어집니다. 암살단 이 칼잡이를 잡으면 행동대가 마무리하면 됩니다."

강남파는 테헤란로에 자리 잡은 20층짜리 빌딩을 소유하 고 있었다.

그곳에는 평소 50명의 조직원이 상주해 있어 공략할 수 가 없었다.

"음, 장소가 호텔이라는 게 마음에 걸려."

영동호텔은 보는 눈이 많을 뿐만 아니라 강남을 찾는 외 국인 투숙객들이 자주 이용하는 곳이었다.

"기회는 지금뿐입니다. 놈들은 지금 회장님을 노리고 있을 수도 있습니다."

마지막 김기춘의 말에 김욱이 마음을 굳혔다. 김기춘의 말처럼 늦으면 오히려 자신이 당할 수도 있었다.

"좋아. 다른 놈들은 적당히 하고 정의섭의 숨통만 끊어놔. 쓸데없이 언론과 경찰을 자극할 일을 만들지 마."

김욱의 허락이 떨어져야지만 암살단을 움직일 수 있었다.

"예, 최대한 우발적으로 벌어진 일로 꾸미겠습니다."

김기춘은 김욱에게 고개를 숙인 후에 자리에서 일어났다. 그 뒤를 행동대장인 조성규가 뒤따랐다.

조성규는 김기춘의 지원으로 신세계파 조직 내에서 빠르게 성장하고 있었다.

강남을 차지하기 위한 주사위가 던져졌다.

그 운명의 주사위가 어느 쪽으로 굴러갈지는 누구도 알 수 없었다.

Chapter 4

정의섭은 지역구 국회의원이자 여당 중진의원인 박인수를 만나고 있었다.

"하하하! 이렇게 시간을 내주셔서 감사합니다."

"정 회장님이 시간을 내라면 내야죠. 저번 출판기념회 때는 고마웠습니다."

박인수는 2주 전 자서전 출판기념회를 열었었다. 정의섭은 박인수의 자서전을 3천 권이나 구매해 지인들과 주변에 선물했다.

그리고 책값의 3배를 후원금 형태로 지급했다.

"하하하! 별말씀을 다 하십니다. 전 정말 의원님의 책을 읽고 많은 감동을 받았습니다."

정의섭은 책을 읽지 않았다. 더구나 박인수의 자서전은 자서전을 전문적으로 대필하는 작가에게 의뢰해 짜깁기 형태로 만들어졌다.

"하하하! 정 회장님께서 절 부끄럽게 만드십니다. 회장님께서도 이제 자서전을 내셔야지요."

"이번 호텔 건이 잘 되면 저도 한번 생각을 해봐야겠습니다."

정의섭은 논현동에 호텔을 건설하려고 준비 중이었다. 문제는 호텔 부지 중 일부가 강남구청이 소유한 땅이었고, 그 땅은 현재 공원으로 이용 중이었다.

박인수 의원을 오늘 만난 이유가 호텔 건립을 확정 짓기 위해서였다.

"하하하! 내 회장님의 일대기를 읽기 위해서라도 호텔을 올리시도록 해드려야겠습니다."

"그래 주시다면 전 여한이 없겠습니다. 그리고 유학 가신 자제분에게 책값이라도 보내시라고 사과 상자 하나를 차에 실어놓았습니다."

"어허! 정 회장님은 이제 제 아들놈까지 챙기십니까? 이거 너무 세심하셔서 제가 다 부담이 될 정도입니다."

정의섭의 말에 싫지 않은 표정으로 말하는 박인수였다. 그는 향후 선거에 있어 정의섭의 도움이 절실히 필요했다.

"하하하! 제가 좀 세심하긴 합니다."

그때였다.

우당탕! 탕!

정의섭이 말을 마치는 순간 요란한 소리가 식당 입구 쪽에서 들려왔다.

"뭐냐? 나가서 알아봐!"

시끄러운 소리에 정의섭은 옆에 있던 비서에게 말했다.

정의섭을 수족처럼 따라다니는 문태영이 경호원 두 명과 함께 식당 입구로 향했다.

입구에 있던 두 명의 경호원도 소란스러운 소리에 밖으로 향했다.

정이섭은 식사와 담소를 나누기 위해서 영동호텔의 레스토랑을 통째로 빌렸다.

2~3분 뒤 문태영은 다급한 표정으로 레스토랑 안으로 들어와 정이섭의 귀에다 밖에 상황을 전했다.

"뭐냐? 이놈들이… 의원님 자리를 피하셔야 할 것 같습니다."

"무슨 일 있습니까?"

박인수는 다급한 표정의 정의섭을 보며 물었다.

"좀 시끄러운 일이 생겼습니다. 자리를 피하시는 것이 좋을 것 같습니다."

"그럽시다."

심상치 않은 분위기를 감지한 박인수가 자리에서 일어나는 순간 밖에서는 연이어 비명이 들려왔다.

아악!

우당탕!

그리고는 요란스러운 소리와 함께 식당 안으로 수십 명의 인물들이 뒤엉키며 몰려들었다.

그러자 그 모습을 본 레스토랑의 여직원들이 비명을 질러댔다.

레스토랑 안으로 들어온 인물들 손에는 쇠파이프와 알루미늄배트를 비롯한 각종 무기가 들려 있었다.

"저기 있다. 잡아!"

옷에 피칠을 한 인물이 정의섭을 보고는 소리쳤다. 신세계파의 행동대를 이끄는 조성규였다.

"막아!"

그 모습을 본 문태영이 소리쳤다.

뒤에 서 있던 정의섭의 경호원 둘이 싸움에 합류했다. 하지만 중과부적이었다.

경호원 모두가 실력이 뛰어난 인물들이었지만, 신세계파

행동대 십여 명이 더 합세하자 정의섭의 경호원들이 하나둘 바닥에 나뒹굴기 시작했다.

그 원인은 신세계파의 행동대 중 두 명이 독보적으로 빼어난 실력을 발휘하고 있기 때문이었다.

모자를 푹 눌러쓴 두 명이 움직일 때마다 경원들이 뒤로 물러나거나 바닥에 쓰러졌다.

순식간에 열두 명이었던 정의섭의 경호원 숫자가 다섯 명으로 줄어 있었다.

하지만 신세계파 인원 또한 피를 흘리며 바닥에 쓰러진 숫자가 적지 않았다.

회칼을 들고 온몸에 피칠을 한 세 명의 인물들 때문이었다.

"회장님, 뒷문으로 가시지요."

정의섭은 문태영의 말에 다급하게 뒷문이 있는 곳으로 향했다.

"정 회장, 같이 갑시다!"

겁을 먹고 테이블 밑으로 숨어 있던 박인수는 개처럼 엉금엉금 기어서 정의섭의 뒤를 쫓았다.

하지만 정의섭은 박인수를 챙길 여력이 없었다.

"잡아!"

뒷문으로 달아나는 정의섭을 향해 달려드는 신세계파 행

동대를 막아서는 다섯 명의 경호원들은 지옥에서 올라온 야차처럼 악착같이 신세계 행동대의 움직임을 방해했다.

악에 받친 다섯 명 때문에 스무 명이 넘는 신세계 행동대도 주춤할 수밖에 없었다.

다섯 명이 들고 있는 회칼에 열 명의 동료가 당한 것을 보았기 때문이다.

이들은 뒷문 쪽으로 물러나며 최대한 시간을 벌고 있었다.

행동대에 섞여 있는 암살단 인물도 섣불리 나서지 못했다.

단번에 공격에 성공하지 못하면 자신이 당할 수도 있었다.

그만큼 다섯 명의 실력은 뛰어났다.

"개새끼들 들어와 봐!"

팔다리에 상처를 입은 강남파의 인물이 회칼을 휘두르며 소리쳤다.

그때 회색 모자를 쓴 인물이 앞으로 나서며 바닥에 떨어진 칼을 발로 찼다.

칼은 앞에 있던 정의섭의 경호원 쪽으로 정확히 날아들었다.

경호원은 들고 있던 회칼로 날아오는 칼을 내려쳤다.

그 순간을 이용해 옆에 있던 검은 모자의 손에서 무언가가 빠르게 경호원에게 날아갔다.

낚시 추 같은 물체는 경호원의 목을 향했고, 그대로 목에 감겨 버렸다.

검은 모자가 손에 힘을 가하자 감긴 낚싯줄이 팽팽하게 조여들면서 경호원이 숨을 쉴 수 없게 목을 졸랐다.

경호원은 들고 있는 칼로 낚싯줄을 잘라 내려고 손을 들었다.

그리고 그 순간 기회를 엿보던 행동대원 하나가 그대로 회칼로 밀고 들어왔다.

"죽어!"

옆구리를 파고들어 온 차가운 이질감이 경호원의 움직임을 멈추게 만들었다.

반원형 형태로 서 있던 다섯 명 중 하나가 쓰러지자 한쪽 공간이 비어버렸다.

그 틈을 신세계파 행동대들이 파고들자 또 한 명이 버티지 못하고 바닥에 쓰러졌다.

남은 세 명도 온전한 모습이 아니었다.

팔다리를 비롯한 몸 여러 곳에 상처를 입은 채 피를 흘리고 있었다.

하지만 상처를 입은 야수가 무서운 것처럼 남은 인물의

눈에는 잔뜩 독이 올라 있었다.

정의섭은 후문을 통해서 부리나케 차가 세워져 있는 주차장으로 향했다.

주차장 입구에 막 들어서려고 할 때였다.

한 인물이 정의섭의 일행을 가로막았다.

앞을 가로막은 인물은 빨간 모자를 눌러쓴 사내로 그에게서는 불길한 기운이 흘러나왔다.

정의섭의 비서인 문태영이 앞으로 나서려고 하자 정의섭이 제지했다.

산전수전 다 겪은 정의섭은 그가 누구인지 느낌으로 알 수 있었다.

자신을 앞을 막을 가로막은 인물은 신세계파가 자랑하는 암살단이 분명했다.

"이봐, 날 여기서 보내주면 10억을 주겠네."

정의섭은 빨간 모자에게 제의를 했다.

"후후! 웃기는군. 내가 누구인지 알지도 못하면서 10억을 주겠다고."

"난 헛말 하는 사람이 아니네. 저 차에 5억 원이 실려 있어. 날 놓아주면 다시금 이 자리에 5억을 갖다 놓겠네."

"흥미가 당기는 제안이군. 크크! 하지만 난 당신을 죽이고 저 차를 가져가고 싶은데."

빨간 모자는 정의섭이 원하는 답을 내어놓지 않았다.

"이 새끼가!"

정의섭에 앞에 있던 문태영이 빨간 모자의 말이 끝나자마자 회칼을 꺼내 들고는 빨간 모자에게 달려들었다.

빨간 모자는 달려드는 문태영을 향해 주저 없이 몸을 날렸다.

문태영은 두 손으로 잡은 회칼을 앞으로 내밀며 그대로 몸을 숙여 빨간 모자에게 파고들었다.

빠르고 간결한 동작이다 보니 쉽게 피할 수 없을 것만 같았다.

회칼이 빨간 모자의 몸통으로 다가올 때였다. 빨간 모자의 양손이 옆으로 빠르게 벌어지며 얇은 쇠줄이 튀어나왔다.

쉽게 끊어지지 않을 것 같은 쇠줄은 빨간 모자의 묘한 손동작에 따라서 뻗어오는 문태영의 손과 목을 순식간에 휘감았다.

순간의 동작으로 인해 문태영의 움직임은 한순간에 봉쇄되었다.

"크흑! 끄르륵!"

문태영의 목에 감긴 쇠줄에 힘이 들어가자 그의 얼굴은

시뻘겋게 변하며 숨이 넘어가고 있었다.

그때였다.

주차장 입구에서 요란한 소리를 내며 은색 승합차가 맹렬하게 달려왔다.

승합차는 정확하게 정의섭 앞에 멈춰 섰고, 뭐라 할 새도 없이 문이 열리자마자 정의섭을 낚아채듯이 승합차 안으로 끌어들였다.

그리고는 맹렬한 속도로 주차장을 빠져나갔다.

빨간 모자가 쇠줄을 풀고 승합차를 쫓으려고 했지만, 승합차는 이미 주차장을 벗어나고 있었다.

순식간에 벌어진 일에 빨간 모자는 멍하니 지켜볼 수밖에 없었다.

강남파의 본거지 역할을 하는 강남타워 앞으로 회색 승합차 한 대가 멈춰 섰다.

차 문이 열리면서 한 인물이 내동댕이쳐지듯이 차에서 내려섰다.

헝클어진 머리에 검은 안대를 쓰고 있는 인물은 강남타워의 주인인 정의섭이었다.

회색 승합차는 정의섭을 내려놓자마자 쏜살같이 강남타워를 떠났다.

정의섭은 차에서 내려선 후에도 한동안 안대를 풀지 않았다.

지나가는 사람들의 말소리를 듣고서야 안대를 풀었다.

"여기가 어디지?"

안대를 풀고 사방을 둘러보았다. 자신이 어디에 와 있는지 확인한 후에야 안도하는 표정을 지었다.

"후! 살았군."

그때 정의섭을 발견한 인물들이 달려오는 것이 보였다.

강남타워에 머무는 강남파 조직원들이었다.

"회장님, 무슨 일 있으십니까?"

강남파의 행동대장인 김무석이었다. 마침 그가 강남타워를 방문했었다.

"신세계파가 전쟁을 일으켰다. 먼저 영동호텔로 애들을 빨리 보내."

정의섭의 말에 김무석의 표정이 굳어졌다.

"알겠습니다. 식구들을 총동원하겠습니다."

다른 조직이 아닌 신세계파와의 전쟁은 죽느냐 사느냐의 문제였다.

"김욱의 소재를 파악해. 날 죽이려 한 놈의 팔다리를 내가 직접 잘라 버릴 테니까."

정의섭은 김욱을 용서할 수 없었다. 누군지 모르지만, 자신을 도와준 인물이 아니었다면 이미 황천길을 건넜을 것이다.

"뭐? 놓쳤다고?"

김욱은 김기춘의 보고에 인상이 찌그러졌다. 암살단을 동원했는데도 정의섭을 놓친 것은 큰 타격이었다.

"죄송합니다. 정의섭을 돕는 무리가 있었습니다."

"무슨 소리 하는 거야?"

"막판에 어떤 놈들이 훼방을 놓았습니다. 누군지 모르겠지만, 저희를 기다리고 있었던 것 같았습니다."

"그건 또 무슨 소리야?"

"그게……."

김기춘이 입을 열려고 할 때였다.

회의실에 문이 열리고 한 인물이 급하게 들어와 말을 했다.

"강남파 놈들이 무차별적으로 저희가 관리하는 업소들을 공격하고 있습니다. 방배동에 있는 주류 도매상도 완전히 박살 났습니다."

보고를 듣는 김욱의 표정이 흙빛으로 변했다.

"야! 이제 어떡할 거야?!"

김욱은 김기춘을 향해 거칠게 소리를 질렀다. 지금까지

김기춘 비서실장에게 이렇게 화를 낸 적이 없었다.

"정의섭을 찾아 끝을 내야만 해결할 수 있습니다."

"누가 몰라서 하는 소리야? 강남파가 이렇게 움직였다는 것은 정의섭이 강남타워에 있다는 소리잖아."

강남타워에는 평상시 50명의 조직원이 상주하고 있었다. 더욱이 전쟁이 벌어진 지금 그 숫자가 더욱 늘어날 것이 분명했다.

"강남타워를 뚫는 방법이 있습니다."

"어떻게? 아무리 암살단이 난다 긴다 해도 백여 명의 숫자는 감당할 수 없잖아."

"정의섭의 사무실은 맨 꼭대기 층인 21층입니다. 솔직히 1층부터 21층까지 놈들을 치고 올라갈 수는 없습니다. 하지만 21층에서 곧바로 정의섭의 사무실로 들어간다면 놈을 잡을 수 있습니다. 지금 말씀드리지만, 강남파와 전쟁이 벌어질 때를 대비해서 강남타워를 뚫을 방법을 연구했었습니다."

"21층으로 곧장 침입한다고? 구체적으로 설명해 봐."

김욱은 김기춘 비서실장의 말에 표정이 누그러졌다.

"예. 정의섭의 사무실은 이쪽입니다. 21층 옥상에는 창문을 닦기 위해 설치된 곤도라를 통해서… 대신 투입된 암살단원의 생사는 장담하기 힘듭니다."

김기춘의 말은 21층에 있는 정의섭의 사무실 창문을 통하여 침입하여 그를 처리하겠다는 말이었다.

하지만 작전에 투입된 암살단원의 퇴로는 없었기 때문에 생사가 불투명했다.

전적으로 본인의 능력 하나에 의지해 살아올 수밖에는 없었다.

또한 두 명 이상이 투입되어야만 성공 가능성이 컸다.

"좋아, 진행해. 이대로 물리적인 충돌이 계속 일어나면 우리가 당해내지 못해. 힘들게 키운 암살단원의 아깝지만 할 수 없지."

"예, 곧바로 진행하겠습니다. 그리고 회장님께서도 당분간은 이곳에 머물러 계셔야 할 것입니다."

평소 김욱이 머무는 청호빌딩에는 숙식을 할 수 있는 시설이 다 갖춰져 있었고, 40명 안팎의 조직원이 김욱을 지키고 있었다.

하지만 지금 그 숫자가 더 늘어난 상황이었다.

강남타워나 청호빌딩에는 일반 회사들이 상주해 있어 사람들이 자주 오가는 건물이었기 때문에 신세계파나 강남파가 서로를 공격하기가 힘들었다.

강남경찰서의 전화통이 불이 났다.

"예, 출동했습니다. 조금만 기다리십시오."

따르릉! 따르릉!

전화기를 내려놓기가 무섭게 전화벨이 울렸다.

"여보세요? 논현동이요? 예, 예, 알겠습니다."

강남 일대에서 벌어지고 있는 강남파와 신세계파의 싸움이 불이 번지듯이 더욱 확대되고 있었다.

이미 다수의 중상자를 비롯하여 세 명의 인물들이 위독한 상태였다.

영동호텔에서 중상을 입었던 강남파 조직원 두 명과 신세계파 조직원 한 명이 급하게 수술을 진행했지만 오늘내일하고 있었다.

강남경찰서는 비상이 걸렸고, 가용 가능한 모든 인원을 사건이 발생하고 있는 현장에 투입했다.

하지만 두 조직의 싸움은 시간이 지날수록 더욱 치열해졌다.

*   *   *

국내 정보팀이 입주해 있는 용산의 순흥빌딩에서 나는 신세계파와 강남파의 싸움을 보고받았다.

그곳에는 신세계파를 떠나 독자적인 조직을 만든 조상태

도 함께했다.

두 조직의 다툼을 유발하고 결국 전면적인 전쟁으로 이끌게 한 것이 국내 정보팀과 조상태가 새롭게 만든 가람협회였다.

가람은 순우리말로 영원히 흘러가는 업적을 남긴다는 의미다.

"두 조직은 현재 모든 조직원을 동원해 서로의 사업장을 무차별적으로 공격하고 있습니다. 강남경찰서와 서초경찰서의 인력이 총동원되다시피 해서 싸움을 중단시키려는 중입니다."

국내 정보팀을 맡고 있는 김충범 실장의 말이었다.

"박인수 의원은 어떻게 되었습니까?"

박인수는 2선 의원으로 정민당에서 서서히 두각을 나타내고 있었다.

"현재 다리가 부러져 강남성모병원에 입원해 치료 중입니다. 박인수 의원 측에서 언론에 노출되지 않기 위해 애를 쓰고 있습니다."

박인수는 후문으로 도망가다가 계단에서 굴렀다. 영동호텔에서 벌어진 두 조직의 싸움이 언론에 유출되지 않을까 노심초사하고 있었다.

언론에서 두 조직의 싸움이 이슈화되면 정의섭과 만났던

박인수도 드러날 수 있었다.

"내일 언론에 알리십시오. 필요한 증거는 확보하셨지요?"

"예, 녹음과 함께 만나는 장면을 사진으로도 남겨뒀습니다."

국내 정보팀은 정의섭과 박인수가 만났던 영동호텔 반대편 건물에서 사진을 찍었다.

정의섭이 만나는 정치인과 후원자들의 명단을 확보해서 그와 관련된 정보도 수집해 왔다.

물론 신세계파를 이끄는 김욱도 마찬가지였다.

"그리고 김욱이 암살단을 동원해 정의섭을 제거하기 위해 다시 한 번 움직일 것 같습니다."

"정의섭의 움직임은 어떻습니까?"

"강남파의 조직원들을 대거 동원해 신세계파가 운영하는 업소들을 공격하고 있습니다. 조직원의 숫자상으로 강남파가 우세하기 때문에 신세계파는 강남파의 습격을 막아내기 급급한 실정입니다. 하지만 김욱의 근거지인 청호빌딩을 공격할 방법을 찾지 못하는 것 같습니다."

"방법을 찾지 못하면 할 수 있게 해주어야죠. 청호빌딩에 있는 신세계파 조직원과 연락을 할 수 있나?"

난 앞에 앉아 있는 조상태에게 물었다. 그는 내가 가진 힘을 어느 정도인지 대략 알게 되었다.

그 대략적인 힘도 강남파와 신세계파를 넘어선다는 것을 조상태는 깨달았다.

막강한 정보와 무력을 갖추고 있으면서도 직접 나서지 않고서도 두 조직을 괴멸적인 상황으로 몰아가는 것이 조상태는 더 두려웠다.

"예, 현재 청호빌딩에 있는 인원 중 다섯 명 정도가 저희와 함께하기로 했습니다. 연락을 취하면 곧바로 움직일 준비가 되어 있습니다."

"그럼 정의섭에게 연락을 취해 김욱을 칠 방법을 알려줘."

"어떤 식으로 알려주어야 할까요?"

조상태는 내 말을 곧바로 이해하지 못했다.

"건물 내부에서 작은 화재를 유발해 화재비상벨을 작동시키면 김욱도 밖으로 나올 수밖에 없을 거야. 그때 강남파가 김욱을 치면 되겠지. 경찰이 곧바로 출동할 수 있게 조처를 해 놓는 것도 잊지 말고."

'역시, 생각하는 것이 나와는 다르구나. 어떻게 저 나이에 모든 걸 꿰뚫고 있을까?'

"알겠습니다. 곧바로 시행하겠습니다."

조상태는 나에게 고개를 숙이며 말했다. 신세계파의 김

욱과 강남파의 정의섭이 강남에서 사라지면 조상태가 이끄는 가람협회가 강남을 차지할 준비를 하고 있었다.

강남타워 옥상에서 두 명의 인물이 신호를 기다리고 있었다.

그들은 건물에 설치된 곤도라의 작동 준비를 마쳤다.

또한 그들은 건물 외벽이나 외부유리창을 닦을 때 사용하는 달비계를 준비했다.

달비계는 외줄 끝에 지지대를 부착하여 작업자가 건물 외부에 매달려 작업할 수 있도록 만든 기구다.

이들은 달비계를 통해서 탈출할 계획이었다.

윙!

차고 있던 삐삐에 약속된 숫자가 찍혔다.

탈출을 도울 차량이 준비되었다는 신호였다.

두 명의 인물은 얼굴을 가릴 전면마스크를 얼굴에 뒤집어썼다.

정의섭을 죽이면 두 사람의 통장에는 1억5천만 원이 입금될 예정이다.

이미 3천만 원은 선금으로 받았다.

목숨을 담보하는 일에 주어지는 금액치고는 적지도 크지도 않은 금액이었다.

더구나 조직에 몸담은 만큼 명령을 거부할 수는 없었다.

"정의섭은 내가 맡지."

나이가 좀 더 있어 보는 인물이 말하자 다른 인물은 고개를 끄떡였다.

지금은 서로를 믿고 의지할 수밖에 없었다.

작은 실수 하나가 목숨과 이어질 수 있는 상황이었다.

두 사람은 먼저 준비한 달비계를 건물 아래로 내렸다. 그러고는 옥상에 설치된 곤도라를 작동시켰다.

위이잉! 덜컹!

모터가 돌아가는 소리와 함께 곤도라가 건물 아래로 내려가기 시작했다.

두 명의 인물은 곤도라에 올라탔다.

곤도라는 정의섭이 있는 사무실로 서서히 내려갔다.

정의섭은 뜻밖의 전화에 기분이 좋아졌다.

신세계파 내부에서 배신자가 나온 것이다. 3억 원을 요구했지만, 김욱을 잡는다면 돈은 아깝지가 않았다.

"행동대를 제대로 준비시켰지?"

정의섭은 부사장 직함인 송인석을 보며 말했다.

"예, 백오십 명이 청호빌딩 근방에서 대기 중입니다."

"좋아. 김욱만 잡으면 이 싸움은 끝나."

정의섭은 강남파 조직원들에게 김욱을 잡으면 1억 원을 주겠다고 말했다.

"한데, 놈들이 약속대로 진행할까요?"

"진행할 거야. 내일이면 이 강남은 우리 손에 들어올 거다."

정의섭은 영동호텔에서 자신을 구한 인물에게서 받은 전화였기에 확신할 수 있었다.

분명 자신을 태운 승합차에서도 연락을 하겠다는 말을 들었었다.

그때였다.

창가 쪽에서 무언가 위에서 내려오는 소리가 들렸다.

"뭐냐?"

정의섭의 말에 한 인물이 창가 쪽으로 걸어갔다.

"곤도라가 내려오는 것 같습니다."

"오늘 같은 날 무슨 청소냐? 다음에 하라고 해."

정의섭은 신경질적으로 말했다.

강남타워는 일 년에 두 번씩 외벽과 창문을 청소했었다.

"예, 관리실에 연락을 취하겠습니다."

비서가 정의섭의 사무실을 나갈 때 곤도라가 정의섭의 사무실이 훤히 보이는 창가로 내려왔다.

김욱은 머리가 지끈거렸다.

애써 가꾸어온 사업장들이 강남파의 무차별적인 공격에 상당한 손해를 입었기 때문이었다.

하루 동안 입은 재산상의 손실액이 10억 원에 육박했다.

"후! 이럴 줄 알았으면 인원을 더 늘릴 걸 그랬어."

자신이 머무는 청호빌딩과 주요 사업장을 지키기 위해 인력을 배치하고 나자 소규모 사업장들은 그대로 강남파에게 당한 것이다.

"정의섭만 사라지면 모든 것이 끝납니다. 조금만 기다리시면 됩니다."

김기춘 비서실장은 자신 있게 말했다.

그때였다.

따르르릉! 따르르릉!

건물 전체에 화재비상벨이 울리기 시작했다.

"불이야!"

그리고 곧바로 화재를 알리는 고함이 들려왔다.

"뭐냐?"

김욱의 외침에 조직원 하나가 급하게 회장실의 문을 열고 들어왔다.

"불이 난 것 같습니다. 일단 건물 밖으로 피신하셔야 할 것 같습니다."

"이런 제기랄!"

김욱은 어쩔 수 없이 자리에서 일어나 건물 밖으로 향했다.

그가 밖으로 향할 때 수십 명의 조직원들이 김욱의 주변을 에워쌌다.

건물 9층에서는 화재 연기가 창문 밖으로 치솟고 있었다.

건물에서 연기가 피어오르자 지나가는 사람들이 하나둘 건물 주변으로 몰려들었다.

청호빌딩에서 나온 사람들과 불구경을 하기 위해 몰려든 사람들로 건물 주변은 몹시 혼잡스러웠다.

"소방서에는 연락했어?"

밖으로 나온 김욱이 연기가 배출되고 있는 9층을 올려다보며 말했다.

"예, 신고는 했습니다."

"누가 불을 내는지 확실히 알아봐. 건물값 떨어지게 불이 나고 지랄이야."

"예."

신경질적으로 말을 할 때였다. 누군가가 김욱의 근처로 슬그머니 다가왔다.

경호를 맡고 있는 신세계파 조직원들도 연기가 솟구치고 있는 9층을 올려다보느라 낯선 인물의 접근을 알아채지 못했다.

주변이 혼잡한 것도 낯선 사내의 접근을 도와주었다. 더구나 김욱 주변에 있는 신세계파 조직원들과 비슷한 옷차림 때문에 그를 제지하는 인물이 없었다.

김욱의 뒤까지 접근한 사내는 품속에서 조심스럽게 회칼을 꺼내 들자마자 김욱의 옆구리에 칼을 쑤셔 넣었다.

"헉!"

그러자 김욱의 입에서 바람 빠지는 소리와 함께 중심을 잃고 휘청거렸다.

사내는 다시 한 번 김욱을 칼로 찌른 후에 크게 소리쳤다.

"김욱이 여기 있다!"

그 소리에 응답하듯이 사방에서 무기를 든 인물들이 김욱이 있는 곳으로 달려들기 시작했다.

갑작스러운 상황에 멍한 표정으로 있던 신세계파 조직원들은 짓고 있던 표정처럼 곧바로 대응하지 못했다.

김욱에게 칼침을 놓은 인물은 뒤로 빠지며 다른 신세계파 인물을 공격했다.

"막아!"

"다 죽여!"

거친 사내들의 목소리와 함께 싸움이 벌어지자 주변에 모여 있던 시민들이 비명을 지르며 사방으로 흩어졌다.

"회장님, 괜찮으십니까?"

신세계파 조직원들은 그제야 김욱이 칼침을 당했다는 것을 알아챘다.

"큭! 안으로……."

김욱은 신음성을 참으며 간신히 입을 열었다.

"회장님을 안으로 모셔!"

신세계파와 강남파의 조직원들로 인해 건물 주변은 순식간에 아수라장이 되었다.

김욱을 죽이려는 강남파와 그걸 막으려는 신세계파의 혈투가 강남대로 한복판에서 벌어진 것이다.

강남타워 21층, 정의섭의 사무실에 있는 조직원 하나가 창문에 매달린 곤도라에 탄 두 인물에게 다시 올라가라는 손짓을 했다.

"올라가! 올라가라고!"

모자와 마스크를 쓴 두 인물은 사내의 손짓에 고개를 끄덕이며 사무실의 내부를 살폈다.

사무실 안에는 예상대로 정의섭이 있었다.

강남파 조직원이 뒤로 돌아서자 두 인물 중 하나가 도구통에서 묵직한 망치를 꺼내 들었다.

검은 모자를 쓴 인물이 망치를 들어서 유리창을 향해 그대로 내려쳤다.

쿵! 지찌지직!

무언가 크게 부딪치는 소리와 유리가 금가는 소리가 들렸다.

강화유리창은 한순간에 미세한 금들이 사방으로 퍼져 나갔다.

쿵! 퍽!

다시 한 번 내려치자 유리창은 그대로 박살 나며 차가운 바람들이 사무실 안으로 쏟아져 들어왔다.

"저놈들 뭐냐?"

정의섭은 두 인물을 가리키며 소리쳤다.

사무실 안에 있던 세 명이 창가 쪽으로 다가설 때 검은 모자와 회색 모자가 사무실 안으로 뛰어들었다.

회색 모자는 뛰어들자마자 자신의 앞에 있던 인물의 머리를 팔꿈치로 그대로 내려쳤다.

그리고는 그대로 몸을 회전하면서 자신에게 달려드는 두 명의 인물에게 뒤돌려차기를 날렸다.

바람을 가르는 듯한 묵직한 발차기는 정확하게 두 인물

의 얼굴을 연달아 강타했다.

우당탕!

두 인물은 그대로 탁자와 소파 아래에 나뒹굴었다.

강남파의 세 인물이 순식간에 제압되는 동안 검은 모자
는 그대로 정의섭을 향해 몸을 날렸다.

"너흰 누구야?"

정의섭의 질문에 상관없이 검은 모자의 손에서 작은 추
가 떠났다.

추는 정확히 정의섭의 목을 향했고, 추와 연결된 쇠줄이
정의섭의 목에 자연스럽게 감겼다.

순간 목에 감긴 쇠줄로 인해 숨을 쉴 수 없게 되자 정의
섭의 입에서는 가래 끓는 소리가 났다.

"끄르륵!"

검은 모자의 두 손에 힘이 들어가자마자 정의섭의 얼굴
은 순식간에 뻘겋게 달아올랐다.

"빨리 끝내!"

회색 모자가 사무실의 문을 잠그면서 말했다. 회장실에
서 시끄러운 소리가 나자 밖에 있던 강남파 조직원이 안으
로 들어오려고 했다.

"회장님! 무슨 일 있으십니까?"

문을 두드리며 말하는 강남파 조직원의 말에 회색 모자

는 사무실 안에 있는 탁자와 소파 등 집기류를 문으로 이동시켰다.

두 사람이 최대한 탈출할 수 있는 시간을 벌어야만 했다.

"크으륵!"

정의섭은 몸부림치며 목에 걸린 쇠줄을 벗어버리려고 했지만 검은 모자의 힘을 이겨내지 못했다.

쿵!

숨이 넘어가자 정의섭은 그대로 책상에 머리를 박았다.

"가자!"

검은 모자의 말에 회색 모자는 곧장 곤도라로 향했다.

쾅! 쾅!

회장실 안에서 문제가 발생했다는 걸 알게 된 강남파의 조직원들은 회장실의 문을 열기 위해 애를 썼다.

"도끼로 부숴 버려!"

밖에서 문이 열리지 않자 소방용 도끼를 가져와 문을 부수기 시작했다.

간신히 문을 다 부숴 버린 후에야 안으로 들어갈 수 있었다.

하지만 정의섭은 이미 싸늘한 시체로 변해 있었다.

"젠장! 놈들을 다 죽여!"

깨진 창문을 확인한 홍문종 비서실장이 조직원들에게 소

리쳤다.

신세계파 암살단의 두 인물은 달비계를 이용해 건물을 빠르게 내려가고 있었다.

두 인물이 건물을 다 내려갔을 때였다. 강남타워의 정문에서 강남파의 조직원들이 개미떼처럼 쏟아져 나왔다.

저녁 TV 뉴스에는 강남 일대에서 벌어진 조직폭력배의 싸움을 대대적으로 보도했다.

대낮부터 벌어진 신세계파와 강남파의 싸움으로 여섯 명이 사망하고, 싸움이 일어난 현장의 주변에 있던 일반인들도 싸움에 휘말려 크게 다친 일은 서울 시민에게 큰 충격으로 다가왔다.

이번 사건에 김영삼 대통령은 크게 격노했고 청와대는 이번 일을 예의 주시하겠다는 발표를 했다.

청와대 대변인의 발표가 있었던 후, 두 조직의 싸움에 제대로 대응하지 못한 강남경찰서장이 그날 바로 보직 해임되었다.

검찰과 경찰은 대대적으로 두 조직의 핵심 인물들과 싸움에 가담한 조직원들을 체포하기 시작했다.

두 조직 간의 전쟁으로 강남파를 이끌던 정의섭은 사망했고 신세계파의 김욱은 병원에서 응급수술을 받았지만,

혼수상태에 빠졌다.

이번 전쟁으로 강남을 양분했던 두 조직은 재건하기 힘들 정도의 큰 타격을 받았다.

또한 두 조직에 대한 대대적인 수사가 시작되자 두 조직과 연관이 되었던 정치인과 기업인들이 된서리를 맞게 되었다.

한라건설의 정태술은 다시금 검찰에 피의자 신분으로 출석하게 되었고, 정민당의 박인수 의원도 검찰 조사를 받게 되었다.

또한 두 조직에 편의를 봐주었던 공무원들도 대거 경찰 조사가 이루어졌다.

두 조직의 전쟁으로 폭력조직에 대한 수사가 대규모로 벌어졌다.

노태우 대통령 시절에 벌였던 범죄와의 전쟁이 다시 시작되는 분위기였다.

강남파와 신세계파가 와해되는 모습에 즐거워했던 강북의 조직들도 자신들에게 수사의 칼끝이 겨누어지자 모두 몸을 사리기에 급급했다.

두 조직의 붕괴로 강남 진출을 노렸던 강북 조직들 모두가 잠수함처럼 물속 깊숙이 잠수하듯이 활동을 멈췄다.

일주일 후 신세계파의 김욱이 깨어났지만, 오른쪽 다리

마비와 함께 언어장애가 왔다.

그리고 깨어난 그를 기다리고 있는 검찰 수사관이었다.

김욱은 범죄단체 구성과 살인교사만으로도 평생 감옥에 서 보낼 수밖에 없었다.

Chapter 5

한라건설은 옥수동과 금호동 재개발사업을 포기했다. 검찰과 경찰의 강도 높은 조사로 인해서 한라건설이 주도했던 재개발사업 비리가 상당 부분 입증되었기 때문이다.

재개발사업과 연관되어 한라건설 문상운 사장을 비롯하여 자금 담당 이사와 담당자 등 일곱 명이 뇌물수수 및 업무상 배임과 횡령으로 구속되었다.

하지만 한라그룹의 정태술은 직접 관여한 정황이 드러나지 않는다는 이유로 풀려났다.

모든 일은 한라건설 사장인 문상운과 담당자들이 주도적으로 진행한 것으로 처리된 것이다.

한라건설에 편의를 봐주었던 시청과 구청 공무원들도 다섯 명이 구속되었다.

한라건설의 하청업체였던 세기건설에서도 여섯 명의 인물이 뇌물수수와 폭행죄로 구속되었다.

한라건설은 일련의 사태로 인해서 외부적으로나 내부적으로나 큰 어려움에 봉착한 상태였다.

주가는 액면가 이하로 떨어지는 수모를 겪었고 건설수주에서도 큰 어려움에 빠져들었다.

더구나 옥수동과 금호동 재개발사업에 상당한 돈이 투자된 상황이었기 때문에 자금 문제도 발생했다.

한라건설은 그동안 사업 진행으로 인해 은행권의 부채도 적지 않았고, 회사채를 발생할 수 있는 시기도 아니었다.

한편으로 한라그룹 내에서 한라건설을 지원할 수 있는 여건도 아니었다.

한라㈜의 경영권 방어를 위해서 그룹 내 여유 자금이 상당 부분 소모되었기 때문이다.

"아휴! 마가 껴도 단단히 꼈지. 한일은행은 알아봤어?"

정태술은 한라건설 문제를 방관할 수 없었다. 자칫 한라건설로 인해서 전체 그룹에 문제가 발생할 수 있기 때문이다.

더구나 한라건설은 한라그룹에 작지 않은 위치를 차지하

고 있었다.

"예, 담보를 더 요구하고 있습니다."

양문기 비서실장은 조심스럽게 말했다. 정태술에 있어서 94년은 좋은 날이 하나도 없었다.

"아니, 이 새끼들은 그 정도면 충분한데도 담보를 더 요구해?"

"시장에서 한라건설을 상당히 우려하는 눈길을 보내고 있습니다. 옥수동과 금호동 건이 크게 작용하는 것 같습니다."

"어휴! 정말 되는 일이 없어."

큰 한숨을 다시 한 번 내쉰 정태술은 소파에 몸을 깊숙이 기대었다.

사실 옥수동과 금호동 재개발사업은 검찰의 강도 높은 조사로 인해서 포기할 수밖에 없었다.

자칫하다가는 정태술 본인까지 감옥에 갈 수도 있다는 담당 변호사의 말에 어렵게 결정한 일이었다.

한라건설이 재개발에 관여한 한두 지역의 조합원들과 비대위를 통해서 바뀐 새로운 조합장이 지속해서 한라건설과 한라그룹에 대한 고소·고발을 진행하겠다는 엄포를 놓았다.

마치 주객이 전도된 상황이었다.

사정기관에 지속적인 고소와 고발이 들어가고, 세기건설에서 유출된 중요 자료가 검찰 손에 들어가면 정태술도 어떻게 될지 모르는 상황이었다.

"당장 필요한 돈이 얼마야?"

"이번 달 만기로 돌아오는 어음하고 하도급 업체들에 지급할 것까지 해서 320억이 필요합니다."

새롭게 한라건설 사장이 된 이태용이 눈치를 보며 말했다.

"하도급은 급한 게 아니잖아?"

"그게 계속 미루어왔던 거라서……."

한라건설과 거래하는 주요 하도급 업체들은 돈을 지급하지 않으면 더는 일을 할 수 없다고 버티고 있었다.

"네가 업체 대변인이야? 미루라면 미뤄! 어음은 얼마야?"

"우선 다음 주에 돌아오는 58억짜리하고 말일 날 70억짜리가 돌아옵니다. 다음 달에도 125억 정도가 돌아옵니다."

"아씨! 뭐가 그렇게 많아?"

짜증 섞인 정태술의 말에 이태용 사장은 움찔했다. 성격이 급하고 다혈질인 정태술이 어떻게 폭발할지 모르기 때문이었다.

마음에 들지 않으면 임원들에게 폭력도 서슴지 않고 행사하는 정태술이었다.

"옥수동과 금호동에 들어갔던 초기사업비들입니다."

"썅! 정말. 돈은 돈대로 깨지고 얻은 것 하나 없네. 서초동 부지를 일단 담보로 제공해. 그리고 다른 사업장의 공사들을 좀 더 앞당겨서 끝내."

한라건설이 가지고 있는 서초동 부지는 정태술이 아끼는 땅이었다.

한라건설의 소유로 되어 있지만, 정태술의 허락 없이는 절대 건드릴 수 없는 땅이었다.

'그러려면 하도급 업체들에게 밀린 돈을 주어야만 합니다.'

한라건설의 이태용 사장의 머릿속에서 맴도는 말일뿐이었다.

"예, 빠르게 진행하겠습니다."

이태용은 고개를 숙이며 말했다. 어렵게 잡은 기회를 이태용 또한 놓치기는 싫었다.

*   *   *

김욱이 구속되는 날, 조상태가 새롭게 탄생시킨 가람협회는 청호빌딩에 당당하게 입주했다.

모래알처럼 흩어지려고 했던 신세계파의 조직원들은 조

상태를 구심점으로 모여들었다.

한편으로 조상태는 강남파에게도 손을 내밀었다.

강남파 또한 핵심 구성원들이 대다수가 구속되거나 목숨을 잃었다.

조상태는 강남의 주도권을 강북 조직에게 내어줄 수 없다는 대의명분과 조직 재건을 내세웠다.

강남파의 인물들 중 몇몇이 반발했지만 대세는 이미 조상태가 이끄는 가람협회로 넘어가고 있었다.

강북의 조직들이 하이에나 떼처럼 강남을 노리고 있기 때문이었다.

*　　　　*　　　　*

동시베리아에서 벌어지고 있는 원유와 천연가스 파이프라인 공사는 장관이었다.

길이 없는 곳에 길을 만들어 나가는 것 같이 아무것도 없는 벌판에 거대한 파이프들이 하나둘씩 연결되어 나갔다.

"이 구역에는 중앙 펌프장이 세워집니다."

설계도면을 가리키며 공사를 진행하는 닉스E&C의 김덕중 현장 소장의 말이었다.

중앙 펌프장(central pumping station)은 파이프라인을 따

라 원유를 옮기는 데 필요한 압력을 다음 펌프장까지 유지하는 강력한 펌프장이다.

또한 파이프라인의 중간중간마다 펌프장과 중간가압장, 저장기지, 완충 탱크 등이 설치된다.

펌프장은 일정한 간격으로 자리 잡은 설비로, 동력으로 움직이는 펌프가 갖추어져 있다.

펌프는 파이프라인 안에서 원유가 흐르게 하는 역할이다.

"이 두 곳에는 중간가압장을 건설하고 있습니다."

중간가압장(intermediate booster station)은 중앙 펌프장의 작용을 보강하여 파이프라인 전반에 걸쳐 원유나 천연가스의 흐름을 유지하는 가압장이다.

"공사 진행에 문제점은 없습니까?"

"예, 북한의 건설노동자들도 열심히 해주고 있어서 큰 문제는 없습니다. 굳이 문제라 하면 이곳 날씨가 변덕이 심한 것뿐입니다."

김덕중 소장의 말처럼 시베리아 날씨는 4월이 지나고 있지만, 아직도 추웠고 눈도 자주 내렸다.

북한의 건설노동자들이 대거 투입되어 공사를 진행하고 있었다.

추운 날씨에 공사를 진행하기가 쉽지 않았다. 특히나 용접공들의 고생이 많았다.

"직원들이 문제없이 작업할 수 있게 지원을 해드리도록 지시해 놓겠습니다. 이 공사는 회사는 물론이고 대한민국에도 큰 이익이 되는 일입니다. 최선을 다해주십시오."

"예, 근로자들도 그 점을 충분히 인지하고 공사에 임하고 있습니다. 이러한 공사를 담당하고 있다는 것이 저 또한 큰 자긍심입니다."

김덕중 소장은 동시베리아 파이프라인 공사의 발주자인 룩오일NY가 닉스E&C와 연관된 회사라는 것을 알고 있었다.

그리고 룩오일NY가 러시아에서 어떤 위치에 있는지도 러시아 현지에 오고 나서 알게 되었다.

러시아 정부의 전폭적인 지지와 지원을 받고 있는 룩오일NY의 영향력은 중앙정부뿐만 아니라 지방정부까지 확대되고 있었다.

"이 공사가 끝나면 대한민국의 물가는 지금보다 훨씬 낮아지게 될 것입니다."

한국뿐만 아니라 이 공사가 완공되면 러시아 또한 경제적인 여건이 지금보다 나아질 것이다.

현재 러시아의 원유 생산은 1980년대 말부터 감소하기 시작하여 1996년까지 감소하여 일일 생산량이 605만 배럴

수준으로 감소했다.

러시아의 원유 생산 감소는 경제침체로 인해서 2만 5천여 개의 유전이 조업을 중단하는 등 휴정이 증가한 것이 생산량에 가장 큰 원인이었다.

또한 경제개혁으로 인한 생산 장비의 공급부족과 가격 자유로 인한 가격상승 등 생산체제를 악화시켰다.

이러한 전반적인 경제침체와 에너지 가격의 상승은 러시아의 국내수요를 감소시켰다. 이와 더불어서 기업들의 지급능력 악화에 의한 지급 위기 또한 석유생산을 감소시켰다.

기업의 지급불능 위기는 정유 회사들에게 할당된 원유 쿼터(할당량)를 인도받지 못하는 문제를 발생시켰고, 이와 함께 발생한 공급 측면의 생산과잉은 생산을 감소시키는 결과를 가져왔다.

러시아의 쿼터시스템은 국내외 가격의 차이로부터 발생하는 원유의 대량 해외유출을 방지하기 위한 석유 수출량 제안이 그 목적이었다.

다른 한편으로 수출권을 취득한 회사의 통제를 통한 석유산업의 규제와 낮은 국내 석유 가격을 유지하기 위한 정책수단으로 활용했다.

1994년과 1995년 석유수출 자유화를 위한 수출 쿼터 시스템과 국내공급 쿼터 제도가 모두 폐지되었다.

현재 룩오일NY와 한두 개 회사 이외에는 러시아의 석유회사와 에너지 기업들에게는 암흑기였다.

"회장님께서는 나라에서도 할 수 없는 일을 하시고 계십니다. 우리나라 국민들이 이 사실을 좀 알았으면 좋겠습니다."

"하하하! 국민이 알지 못해도 괜찮습니다. 이렇게 김 소장님이 알아주시니 기분이 좋은데요. 그리고 아직은 제가 알려지지 않는 것이 회사나 저에게 더 도움이 됩니다."

"예, 명심하겠습니다. 저쪽으로 가시지요."

김덕중 현장 소장의 말에 다른 공사현장으로 이동했다.

*   *   *

대산에너지는 새로운 대표를 선임했다.

김장우 대표는 대산화학에서 근무했던 인물이었다. 그는 대산에너지을 주도하는 것이 이중호라는 것을 금세 알아차렸다.

김장우는 대표로 취임한 날부터 대산그룹 후계자인 이중호와 날을 세우지 않았고, 오히려 그에게 적극적으로 협조했다.

"이번 2구역 탐사는 좀 더 광범위하게 진행해야 합니다. 너무 좁은 범위로 제한한 것이 1구역 탐사의 실패 원인입니다."

이중호는 김장우에게 자신의 의견을 적극적으로 이야기했다.

원유나 천연가스를 찾기 위해서는 중력과 지진파, 전자기파, 방사능은 물론 화학적 탐사를 통해 지질 구조를 파악하여 유전이나 가스전이 있을 만한 곳을 예상한 뒤, 시추를 통해 실제 원유가 매장되어 있는지를 확인한다.

원유 매장이 확인되면 그 양이 얼마나 되는지 파악하여 경제성 있는 유전인지를 최종적으로 확인하는 과정을 거친다.

그리고 플랫폼과 파이프라인, 육상 처리 시설 등을 건설하고 생산정을 시추하면, 본격적인 채굴에 들어간다.

생산 단계에서는 저류 층의 지속적인 관리를 통해 생산을 최적화하고, 물이나 화학물질을 주입하여 회수율을 증대시키는 작업을 병행하여 생산량을 끌어 올리는 작업을 한다.

하지만 점차 경제성이 있는 유전을 찾아내는 것이 갈수록 어려워지고 있어, 이제는 수 킬로미터 심해 해저 아래부터 빙하로 덮인 북극해까지 찾아 나서는 상황이다.

"자금은 얼마나 추가되지?"

"적어도 2억 달러 이상은 추가로 투입해야 합니다."

대산에너지가 탐사를 위해 준비한 돈은 3억 달러였다.

"음, 적은 금액은 아닌데……."

"확실한 조사를 하기 위한 금액입니다. 룩오일NY가 진행하는 파이프라인에 우리 대산에너지도 참여하려면 이번 탐사가 정말 중요합니다."

동시베리아의 원유와 가스를 중국과 한국은 물론 일본에까지 공급할 수 있는 파이프라인이 완공되면 석유나 LNG 가격이 상승해도 에너지원을 선적할 도착지로 오지 않을 수 없다.

그것은 엄청난 바게닝 파워(bargaining power, 협상력)를 갖게 되는 것이다.

이중호는 룩오일NY에서 북극항로에 대한 이야기를 들었다. 앞으로 북극항로가 녹아내리면 북극항로 상에 거점 항구를 확보하는 나라가 성공할 것이다.

우리나라는 거점 항구를 확보하기에 상당히 좋은 조건이며 북극항로가 대한해협을 지나가기 때문이다.

거점 항구가 생기면 항구를 중심으로 사람이 모이고 공장이 생기고 물류중심지가 된다.

시베리아 천연가스 파이프라인은 거점 항구와 배후단지

에 에너지 공급을 위한 최고의 선택이자 대안이다.

향후 대산에너지가 이 사업에 관여할 수 있다면 세계적인 기업으로 성장할 수 있었다.

"알겠네. 회장님께 보고 드리겠네."

김장우는 이중호가 올린 보고서들을 일주일간 검토했다. 여러 상황을 종합했을 때 이중호의 말이 틀리지 않았다.

"대산에너지가 앞으로 대산그룹을 먹여 살릴 것입니다."

이중호는 김장우의 말에 흡족한 표정으로 말했다. 김장우는 박명준과 달리 말이 통했다.

"나도 대산에너지가 그룹 내에서 우뚝 서길 진심으로 바라고 있네."

"저희가 그렇게 만들면 됩니다."

이중호의 말에 김장우는 기분이 좋았다. 확실히 대산에너지는 그룹에서 가장 핵심적인 사업이었다.

더구나 앞으로 회장으로 모셔야 할지도 모르는 이중호와 함께 일한다는 것이 앞날을 밝게 했다.

*   *   *

연간 매출액 기준으로, 세계 20대 기업 중에서 석유회사가 8개를 차지하고 있으며 화석연료 산업의 연간 매출액은 세계 전체 GDP의 3분의 1을 넘어서고 있다.

그 안에 룩오일NY가 당당히 들어서고 있었다.

전 세계 천연가스 매장량은 187조 입방미터이다. 그중 확인된 러시아의 천연가스 매장량은 32조 3천억 입방미터이고 추정매장은 56조 입방미터로 보고 있었다.

그 천연가스의 매장량의 상당수가 룩오일NY가 소유하고 있는 탐사구역 내에 분포하는 것으로 조사되었다.

단계적인 개발을 통해서 원유와 천연가스를 동북아시아와 동남아시아에 공급할 예정이다.

또한 향후 룩오일NY의 성장 동력이 될 수 있는 북극해와 연안의 원유 매장량은 900억 배럴, 천연가스는 47조㎥로 추산하고 있다. 이는 세계 자원 매장량의 22%에 이르는 수치다.

특히 러시아는 북극에서 가장 많은 영토와 영해를 차지하고 있어 중요한 시장이며 룩오일NY와 러시아 해양연구소(CNIIMF)가 합동으로 파악한 북극의 석유 · 가스전 61개 가운데 3분의 2가 러시아 관할이다.

고무적인 것은 룩오일과 합병한 노바테크가 이 지역의 탐사권한을 대부분 가지고 있다는 것이다.

아직은 기술력이 부족하여 쇄빙유조선을 만들지 못하지만 향후 쇄빙유조선이 만들어지는 시기에 북극해를 본격으로 개발할 예정이다.

쇄빙유조선은 고부가가치 특수선박으로 일반 유조선보다 선가가 3배 이상 비싸다. 쇄빙선이 얼음을 깨고 지나가면 유조선이 그 뒤를 따라가는 것이 일반적이지만 쇄빙유조선은 스스로 얼음을 깨면서 전진할 수 있다.

"2014년까지 단계적으로 진행할 룩오일NY의 3단계에 걸친 개발청사진입니다. 에너지 공급원을 회장님의 말씀을 바탕으로 에너지 소비국으로 발전하게 되는 중국과 인도를 겨냥하고 있습니다."

룩오일NY의 니콜라이 대표의 말이었다.

향후 에너지 소비의 60%는 중국과 인도, 남아공 등 신흥 공업국에서 필요로 한다. 이들 나라 모두 엄청난 석유소비 잠재력 탓에 국제유가를 상승하게 만들었다.

미래에 러시아와 중국은 2018년부터 30년간 연 380억㎥의 천연가스(중국 연 내수량의 23% 규모)를 중국에 공급한다는 계약을 맺었다. 그 규모가 약 4천억 달러이며 우리 돈으로는 410조 원이 넘는다.

하지만 난 이미 그 시기를 앞당기고 있었다.

중국으로 연결되는 원유와 천연가스 파이프라인 현재 공사 중이었다.

"좋습니다. 룩오일NY의 안정적인 소비처 확보는 이번

파이프라인 공사에 달려 있습니다. 중국과 한국 그리고 일본 등이 룩오일NY를 더욱 성장시켜 줄 것입니다. 아직은 아니지만, 러시아의 국내 경제사정이 좋아지는 시점을 대비한 계획도 세워두는 것이 좋습니다."

러시아 또한 무시할 수 없는 나라이며 에너지 소비국이다.

"예, 준비하여 놓겠습니다."

"대산에너지의 움직임은 어떻습니까?"

대산에너지는 룩오일NY의 기술자문을 받고 있었다.

"1차 탐사지역은 실패를 했습니다. 2차 탐사지역은 탐사 범위를 상당히 넓히고 있습니다. 유럽의 탐사기술팀을 추가로 고용한 것 같습니다."

"상당히 모험을 하는군요."

대산에너지에게 넘긴 탐사지역은 원유와 천연가스를 발견하기가 쉽지 않은 지역이었지만 발견 가능성이 없는 곳은 아니었다.

원유와 천연가스를 발견하는 것은 절대로 쉬운 일이 아니었다.

자원개발은 기본적으로 돈을 먹고 성장한다. 최종 성공까지는 수백억에서 수천억 원의 지속적인 자금 수혈이 있어야만 성공할 수 있다.

문제는 대산그룹이 얼마큼이나 그에 따르는 장기투자와 제대로 된 투자가 지속해서 뒷받침할 수 있을 가다.

실제로 우리나라는 2011년 한 해 동안만 약 10조 원을 자원개발에 투자했고, 이명박 정권 5년 동안 약 30조 원을 해외 석유가스개발 사업에 투자했다.

하지만 해외 에너지 자원 개발에 착수한 지 몇 해가 지났음에도 자주개발을 통해 들여온 석유가 미미했고, 이명박 정권 5년 동안은 확정된 손실액만 3조 원에 달했다.

그만큼 성공 가능성 어렵고 힘든 것이 자원개발이었다.

"예, 단기간의 투자로는 발견 가능성이 희박한 지역입니다."

"음, 계속해서 지켜보도록 하십시오."

"예, 지속해서 보고드리겠습니다."

니콜라이는 고개를 숙인 후에 밖으로 나갔다. 러시아는 기회의 땅이었지만 자칫 발을 잘못 드리면 깊은 수렁에 빠질 수도 있는 곳이었다.

"후후! 이중호가 어디까지 하는지도 재미있는 일이 되겠어."

창밖으로 눈이 내렸다. 러시아가 다시금 기지개를 켜기 위해서는 춥고 긴 겨울을 이겨내야만 했다.

그것은 성공을 위해 달려가는 대산에너지의 이중호에게

도 해당하는 말이었다.

　사하공화국의 수도 야쿠츠크에 도착했다.

　공항에는 야쿠츠크 알로사의 책임자인 류드밀라와 룩오일NY의 이사인 띠혼이 마중을 나왔다.

　또한 야쿠츠크 시장인 코롤레프가 날 영접했다.

　사하공화국의 슈티로프 대통령은 일본을 방문 중이라 공항에 나오지 못했다.

　슈티로프가 일본을 방문하지 않았다면 제일 앞에서 날 기다렸을 것이다.

　새롭게 꾸며진 야쿠츠크공항은 국제공항에 한발 다가선 모습이었다.

　입국장에 들어서자마자 사하공화국의 관료들과 회사관계자들이 일렬로 늘어서 있었다.

　"다시금 찾아주셔서 영광입니다."

　코롤레프는 내가 내민 손을 잡으며 말했다. 어려운 러시아의 경제 여건 중에서도 야쿠츠크는 룩오일NY와 알로사의 투자로 활기가 돌았다.

　"야쿠츠크에 오면 언제나 기분이 좋습니다."

　"그렇게 말씀해 주시니 감사합니다. 이쪽은 이번에 새롭게 야쿠츠크 경찰 책임자로 임명된 구세프 다닐라입니다."

"반갑습니다. 표도르 강입니다."

"다닐라라고 합니다. 모시게 되어 영광입니다."

경찰 책임자인 다닐라는 나에게 고개를 깊숙이 숙이며 말했다. 야쿠츠크의 치안은 물론이고 사하공화국의 주요 도시인 네륜그리, 미르니, 렌스크, 알단 시의 치안도 책임지는 자리였다.

757명의 경찰을 대표하는 인물인 다닐라는 표도르 강의 이름을 너무도 잘 알고 있었다.

표도르 강은 러시아 연방 행정부의 고위 관료들과 마피아들도 고개를 숙이는 이름이었다.

러시아에서 표도르 강의 이름은 점점 무소불위의 이름으로 각인되고 있었다.

"반갑습니다. 다닐라 서장님께 앞으로 부탁할 일들이 많아질 것입니다."

야쿠츠크 외곽에 짓고 있는 코사크 감옥이 완공되면 야쿠츠크 경찰들의 할 일도 많아질 것이다.

러시아에서 사업을 방해하거나 코사크에 대항하는 인물들을 가두게 될 코사크 감옥은 1,500명을 수용할 수 있었다.

"언제든지 말씀만 하십시오."

다닐라는 나의 말에 환한 표정으로 말했다. 러시아의 중앙정부나 지방정부의 관리들은 나와 관계를 맺고 싶어 안 달이었다.

나와 관계를 맺고 친분을 유지한다는 것은 러시아에서 정치적으로나 경제적으로 성공적인 길을 걸어갈 수 있기 때문이다.

공항을 나서자 야쿠츠크에 파견되어 있는 코사크 타격대가 경호를 위해 대기하고 있었다.

러시아에서 이동 중에는 항시 30~40명 이상의 경호원들에게 경호를 받으며 움직였다.

선두에는 야쿠츠크 경찰차가 선두에 서서 길을 안내했다.

올해 3월에 완공된 알로사호텔에 짐을 풀었다. 지하 4층에서 지상 15층에 이르는 알로사호텔은 사하공화국에서 유일한 4성급 호텔이었다.

야쿠츠크로 출장을 오거나 파견되는 룩오일NY와 알로사의 직원들도 알로사호텔을 이용할 수 있었다.

알로사호텔 15층에 있는 프레지던셜 스위트는 내가 머물면서 업무를 볼 수 있게 만들어졌다.

일반 스위트룸에 다섯 배 크기인 프레지던셜 스위트는 3개의 방과 서재, 회의실, 2개의 거실과 개인 바를 갖추고 있었다.

내가 머물지 않을 때는 일반인에게 방을 대여하기도 했지만, 가격이 만만치가 않았다.

야쿠츠크가 중심가가 훤히 내려다보이는 알로사호텔 주변으로는 도시락판매장이 들어섰다.

도시락판매장은 도시락 라면을 비롯한 한국산 제품들이 수입되어 판매점 안을 가득 채웠다.

세련되게 만들어진 야쿠츠크 도시락판매장에는 야쿠츠크에서는 살 수 없었던 생활용품과 식품들이 채워지자 많은 사람들이 물건을 사기 위해 몰려들었다.

야쿠츠크에 공급되는 물품들은 아무르와 야쿠츠크간 자동차도로를 통해서였고, 아무르는 시베리아철도와 연결된다.

러시아 중앙정부와 사하공화국은 아무르와 야쿠츠크간 자동차도로를 2년간 공사를 진행해 정비 확대하였다.

또한 야쿠츠크공항의 확장으로 모스크바와 블라디보스토크를 연결하는 항공기가 증편되어 중요화물을 실어 날았다.

야쿠츠크로 물자의 공급이 원활해지자 사람들이 모여들었다.

룩오일NY는 야쿠츠크 지역에서 가스전 탐사를 진행 중이었고 유력한 가스매장지를 찾아냈다.

러시아 천연가스 중 80%가 북서 시베리아에 매장되어 있는 점에서 사하공화국 내 가스전 탐사는 지속해서 진행되고 있었다.

"빌류 광산에서 올 2월과 3월에 23캐럿과 18캐럿의 핑크 다이아몬드를 채굴했습니다."

알로사의 류드밀라 이사의 말이었다. 다이아몬드와 결혼했다고 말하는 류드밀라는 야쿠츠크와 사하 공화국 내의 알로사의 광산에서 생산되는 다이아몬드 원석들 관리를 책임지고 있는 여성임원이었다.

올해 39살인 류드밀라는 알로사에서 12년 동안 근무했고, 스위스에서 보석학교를 나온 재원이었다.

알로사를 인수한 후 실력 있고 능력을 갖춘 직원들을 선별해 승진을 시켰다. 한편으로 무능하고 회사 임원들에게 줄을 서서 능력에도 맞지 않는 자리에 있던 인물들 모두를 퇴사시켰다.

류드밀라도 새롭게 임원에 선출된 인물이었다.

"무척 반가운 일입니다."

알로사의 빌류 광산에서는 고순도의 핑크 다이아몬드가 생산되고 있었다.

기존에 알로사가 소유하고 있는 3곳의 다이아몬드 광산에서도 양질의 다이아몬드들이 채굴되었다.

빌류 광산은 알로사의 새로운 자금원이 되어주고 있었

다. 빌류 광산의 핑크 다이아몬드는 세계 최고로 치고 있는 호주 아가일 광산에서 나오는 핑크 다이아몬드와 비교해도 전혀 뒤처지지 않았다.

핑크 다이아몬드는 주로 1캐럿 내외의 작은 돌로 산출되었지만 빌류 광산에서는 수 캐럿에서 수십 캐럿에 달하는 핑크 다이아몬드가 나오고 있었다.

알로사의 다이아몬드 전용 금고에 보관 중인 핑크 다이아몬드 중에서 투명도가 높고 모양이 온전한 23캐럿과 18캐럿짜리 핑크 다이아몬드는 상당한 값어치를 지닌 보석이었다.

실제로 2016년에 15캐럿짜리 핑크 다이아몬드가 330억 원에 낙찰되었고, 세금 수수료까지 모두 합하면 372억 5천만 원에 이르렀다.

빌류 광산에서 생산된 핑크 다이아몬드 원석들은 모두 알로사의 보석 브랜드인 파베르제로 보내져 세상에 드러낼 준비를 하고 있었다.

"보고서에 나온 대로 핑크 다이아몬드는 원석 시장에는 공급하지 않고 파베르제에서 모두 판매할 예정입니다."

파베르제의 비밀병기가 되어줄 핑크 다이아몬드에는 최고의 기술자와 보석디자이너들이 대거 투입되었다.

올해 8월 파리에서 펼쳐질 파베르제 쥬얼리쇼에서 핑크

다이아몬드 컬렉션이 선보일 예정이다.

기존의 보석 브랜드와의 우위를 점하기 위해서는 특별한 보석이 필요했다. 이를 위해 신생 보석 브랜드인 파베르제의 명성을 드높게 할 방법들을 여러모로 모색하고 있었다.

"알로사에서 채굴되는 최고의 다이아몬드는 모두 파베르제를 통해서 판매될 수 있게 해야 합니다. 그래야만 수익을 극대화할 수 있습니다."

"예, 최고 등급의 다이아몬드 원석들은 모두 일련번호를 부여해 별도로 관리하고 있습니다."

"모스크바 보석학교는 언제 오픈합니까?"

알로사는 경쟁력을 갖추기 위해서 많은 노력을 진행하고 있었고 그 하나로 모스크바에 보석디자인학교를 설립했다.

새롭게 설립한 파베르제 쥬얼리스쿨에서는 보석감정은 물론, 쥬얼리디자이너들을 배출할 수 있게 준비 중이었다.

"시설 공사가 끝나는 6월에 문을 열 예정입니다. 이미 교수진들과 학생들 모집은 마무리된 상태입니다. 전 세계에서 디자인 감각이 뛰어난 학생들이 지원했습니다."

알로사가 주관하고 소빈뱅크가 후원하는 파베르제 쥬얼리스쿨는 3년간 보석은 물론 디자인과 관련된 전반적인 이론과 실무를 배운다.

30명의 학생이 처음 입학하게 되는 파베르제 쥬얼리스쿨은 전원 기숙사에서 생활했고, 80%의 학비를 알로사와 소빈뱅크가 지원한다.

30명 중 성적이 우수한 절반의 학생들은 나머지 20%를 장학금 형태로 받을 수 있어 100% 학비를 면제받는다.

이들은 강도 높은 이론과 실기 교육을 통해 최종시험에 합격해야만 졸업을 할 수 있었다.

시험을 통과하지 못하면 졸업을 하지 못하며 그 이후의 학비는 본인 부담이다.

파베르제 쥬얼리스쿨 졸업생들 모두가 알로사와 파베르제에 3년간 의무적으로 근무하는 조건으로 입학한다.

"파베르제 명성은 쥬얼리스쿨에서 만들어질 수 있습니다. 학교에 대한 지원을 아끼지 마시기 바랍니다."

"예, 강사들과 학생들이 최상의 환경에 배움을 전달하고 받을 수 있도록 하겠습니다."

파베르제 쥬얼리스쿨에서 가르치는 교수진과 강사들은 최고의 실력을 갖춘 인물들로 선발했고, 그에 걸맞은 대우를 해주었다.

Chapter 6

　나는 도시락에서 지원하여 건설한 초등학교와 중학교를
방문했다.

　도시락의 이름을 써서 모두 도시락초등학교와 도시락중
학교가 된 두 학교는 야쿠츠크에서 가장 현대적인 시설을
갖춘 학교였다.

　이 두 학교에서는 야쿠츠크에 거주하는 고려인 학생들을
위해서 한국어와 한국사를 정식으로 가르쳤다.

　하지만 두 학교에 다니는 대다수의 학생들이 한국어를
배우기를 희망했다.

"회장님께서 많이 힘써주셔서 부족함이 없습니다."

고려인 3세이자 도시락초등학교 교장을 맡고 있는 세르게이 박의 말이었다.

"학생들이 다들 밝아 보여서 좋습니다. 학년별로 성적이 우수한 학생들 다섯 명씩 선발해 주십시오. 방학을 이용해서 한국을 방문할 수 있도록 하겠습니다."

학생들 모두를 데리고 가고 싶었지만 그건 동기부여가 되지 못했다.

여름방학 때 가지 못하면 열심히 공부해서 겨울방학 때 갈 수 있었다.

"하하! 정말 좋은 선물을 주시네요. 그렇지 않아도 아이들이 한국에 대해서 많이 궁금해하고 있습니다."

세르게이 박은 밝은 표정으로 말했다. 한국어와 한국의 역사를 배우고 있는 학생들은 점점 한국에 대한 궁금증과 관심이 피어나고 있었다.

"한국의 발전상과 학교에서 배운 역사의 현장을 보면 학생들도 더욱 열심히 공부하고 꿈을 키울 것입니다. 저는 고려인과 사하공화국 출신들에게 앞으로 많은 기회를 부여할 것입니다."

내 말이 거짓이 아님을 세르게이 박은 잘 알고 있었다. 사하공화국 내에서 내가 가진 영향력은 절대적이었다.

사하공화국 슈티로프 대통령과 언제나 독대를 할 수 있었고, 사하공화국의 행정관리들도 나의 말에 움직이는 것을 세르게이 박은 직접 보았다.

더구나 야쿠츠크에 새롭게 짓고 있는 건물들 대다수가 알로사와 룩오일NY, 그리고 도시락에서 짓고 있는 건물들이었다.

사하공화국이 다른 공화국과 달리 경제지표가 좋은 것은 모두 내 덕분이었다.

"사하공화국 내에 고려인뿐만 아니라 다른 지역에 있는 고려인들도 회장님을 존경하고 있습니다."

나는 한국 정부를 대신해 러시아에 거주하고 있는 고려인 사회에 투자를 진행하고 있었다.

고려인 학교 개설은 물론이고 고령의 고려인들에 대한 고향 방문을 주선해 주고 있었다.

한국은 물론이고 북한에 있는 고향도 방문할 수 있도록 조치했다. 이와 같은 지원으로 고려인들은 러시아에 머물고는 있지만 큰 자긍심을 가지게 되었다.

한편으로 사하공화국에 영향력을 확대하는 이유는 향후 북극항로의 독점권을 가져오려는 조치였다.

야쿠츠크를 끼고 도는 레나강(Lena River)은 북극해(Arctic Ocean)와 연결되어 있다.

사하공화국은 야나강, 콜르마강, 인디키르크강 등 수로
운송이 발달하여 전체 운송의 44%가 수로에 의존하고 있
다.

북극항로는 북극해의 북동항로(Northern Sea Route)와 북
극해의 북서항로(Northwest Passage)를 총칭하며 유럽과 아
시아 및 아메리카를 아우르는 광대한 해상항로이다.

북극항로를 이용해 부산에서 유럽 네덜란드의 로테르담
을 각각 출발지와 목적지로 선정해 보면 현재 항로와 북동
항로의 거리 차이는 대략 7000km가 난다.

운항 거리는 수에즈항로 대비 거리로 따지면 32%(2만
2000→1만5000km)가 단축되고, 날짜로 환산할 경우 운항 일
수는 현재 40일에서 30일로 10일이나 단축된다.

거리 단축은 연료비를 포함한 전반적인 물류비용을 절감
할 수 있다. 이는 유럽지역에만 해당하는 것이 아니라 북미
에 위치한 미국과 캐나다와의 교역에도 운항시간과 비용을
줄일 수 있다.

그뿐만 아니라 북극항로는 해적 위험에서 벗어날 수 있
다. 2008년 9월~2009년 3월 사이에 수에즈 운하를 이용하
는 아라비아해 및 아덴만을 통과하는 해상 운송 보험비용
이 10배로 폭등했다.

이는 수에즈 운하를 지나가는 선박을 노린 해적이 유난

히 많았기 때문이었다. 북극항로를 이용하면 해적으로부터의 위험이 줄어들어 낮은 보험료를 적용받을 수 있다.

한마디로 수에즈~인도양~믈라카 해협은 항로가 길 뿐만 아니라 남중국해 분쟁 우려 때문에 안보 차원에서도 불안 요인을 갖고 있다.

주목할 점은 이러한 거리의 장점은 한국의 지리적 위치 덕분에 가능한 것이다.

베트남과 태국의 경우에는 북극항로를 이용한 절감 효과가 거의 없으며 오히려 기존 수에즈 운하를 통과하는 루트를 이용하는 것이 거리상으로 유리하다.

북극항로를 이용하는 최적의 위치는 한국이 가장 유리했다.

하지만 현재 기후 여건으로는 2개월 정도만 항해할 수 있었고, 얼음을 깨는 쇄빙선 비용이 걸림돌이 되고 있다.

쇄빙선은 일반 선박의 건조비용보다 4.9배나 높아 초기 투자비용이 상당히 발생한다.

현재로부터 20년 후인 2014년에는 북극 온도가 온난화의 영향으로 2도 정도가 올라가 빙하가 더욱 녹아내릴 것이다. 그러면 1년에 2~3개월만 운행할 수 있는 항로가 6~7개월로 확대될 수 있었다.

여기에 쇄빙선과 쇄빙유조선 건조를 통해 항로를 개척하

면 겨울을 제외한 모든 계절에도 배를 운항할 수 있다.

향후 한국의 울산항과 러시아의 극동 항만과 캄차크 카페블로스키항, 야말반도의 사베타항이 북극항로의 거점으로 만들 계획이다.

이는 동시베리아 파이프라인과 맞물린 러시아의 자원과 에너지 수송의 완성점이 될 것이다.

이 거대 프로젝트를 위해서 룩오일NY와 닉스홀딩스가 함께 장기 프로젝트팀을 올해부터 가동했다.

북극항로 프로젝트는 20년 후 룩오일NY와 닉스홀딩스가 전 세계의 에너지 자원의 25%를 장악할 목표를 두고 진행하는 거대 프로젝트의 한 축이다.

그 첫 단추는 닉스코어가 자이르공화국에서 끼웠다.

야쿠츠크에 있는 알로사와 룩오일NY가 관리하는 회사들과 다이아몬드 광산 그리고 가스전들을 돌아보았다.

사하공화국과 맺은 자원개발에 대한 독점권을 바탕으로 가스전과 원유는 물론이고 금과 석탄에 대한 개발도 진행 중이었다.

이미 미르니 시에서 동쪽으로 50km 떨어진 곳에서 양질의 금맥을 찾아냈다.

노천광산인 이 신규 광산은 지역 이름을 따 미르니광산

으로 이름을 붙였고, 현재 정확한 매장량을 확인하고 있었다.

더구나 이 광산에는 금뿐만 아니라 은도 발견되었다.

현재 나온 조사 보고서에 따르면 세계적인 광산들과 비교해도 전혀 떨어지지 않는 매장량을 보일 것으로 예상하였다.

세계 10위권의 금광인 호주 보딩턴 광산은 553톤의 금이 매장되어 매년 25톤 이상의 금을 채굴한다. 이곳에서는 구리도 함께 채굴하고 있다.

미르니광산의 추정 매장량은 적어도 300~500톤 이상으로 보고 있었고, 은 또한 600톤 이상으로 추정했다.

본격적인 채굴이 진행하게 되면 더욱 확실한 매장량을 산출할 수 있었다.

이 금광의 발견으로 2만4천 명이 거주하는 미르니 시는 인구 증가로 더욱 커질 것이다.

또한 룩오일NY는 엘가 탄광에서 생산되고 있는 유연탄을 한국에 수출하기 위해 럭키상사와 협상을 벌이고 있었다.

야쿠츠크 남동쪽 1300㎞ 떨어져 있는 엘가탄광은 매장량이 25억8000만 톤으로 연간 3천만 톤을 생산할 수 있었다.

한국은 매년 8000톤 이상의 무연탄을 수입하고 있다. 한편으로 룩오일NY는 사하공화국의 국영회사인 야쿠츠우골과 함께 우골탄광도 개발하기로 했다.

우골탄광은 엘가탄광보다 매장량이 30% 정도 많은 탄광으로 시베리아철도를 통해 극동의 수출 항구로 무연탄을 보낼 수 있었다.

사하공화국에는 주석과 안티몬도 풍부해 주석은 러시아 전체 매장량의 50%를, 안티몬은 90%를 차지하고 있다.

전자회로는 땜납으로 주로 연결되는데, 땜납은 납과 주석의 합금이다. 현재 생산된 주석의 반 이상이 땜납에 사용된다.

안티몬은 합금으로써 많이 사용되며, 활자합금(用), 베어링합금, 축전지용 극판(極板)에 사용된다. 순금속은 보호용 도금으로 사용되고, 반도체의 재료로써도 최근 그 수요가 증가하고 있다. 이 밖에도 의약품, 안료(顏料), 방염제, 페인트, 세라믹, 에나멜, 고무 등에도 많이 쓰인다.

광대한 땅덩어리를 가진 사하공화국은 창조주의 보물단지와도 같았다.

창조주가 숨겨놓은 보물단지를 먼저 발견하는 것이 문제였지만 알로사NY는 사항공화국 내에서는 그런 염려를 할 필요성이 없었다.

나는 레나 강을 따라 북극해로 이동하는 경로를 답사했다. 향후 북극항로의 항구로 사용할 수 있는 최북단의 바이코브스키와 시베리아의 북극해 연안 지역인 틱시를 방문했다.

이곳은 사람의 접근을 허락하지 않던 지역으로 빙하와 북극 동물들의 터전이었다.

하지만 앞으로 북극 지역에선 지구온난화의 영향으로 10년마다 빙하가 거의 10%씩 사라진다.

이곳은 현재 어업에 종사하는 사람들과 북극해를 지키는 소수의 러시아 병사들이 있을 뿐이었다.

북극해의 해빙으로 선박들이 현재는 8월부터 10월까지 2~3개월간 운항할 수 있지만 2030년이 되면 연중 항해가 가능해질 것으로 보인다.

이에 따라 북극해가 앞으로 중요한 교통 요충지가 될 것이 분명하다.

"대단하십니다. 앞으로 20년 후의 일을 계획하기 위해서 이 추운 곳을 방문하시고요."

김만철은 방한이 되는 두꺼운 털옷을 입고 있었다. 5월이 가까이 오고 있었지만, 이 지역은 아직도 영하의 날씨였다.

북극권의 영향으로 1년 중 여름 3개월간을 제외한 260여

일이 눈과 얼음으로 덮여 있는 영구 동결지역이다.

겨울은 영하 35~50도 이상으로 내려가며 여름에는 영상 1도를 간신히 넘을 정도다.

"미래는 어느 순간 우리 코앞에 들이닥칠 수 있습니다. 지금 러시아를 등에 업고서 많은 일들을 해놓지 않으면 나중에는 힘들어질 수 있습니다."

"제가 볼 때는 하시는 일마다 성공을 하시는데, 앞으로 얼마나 더 돈을 버시려고 그러십니까?"

김만철의 말처럼 나는 일반인이 상상할 수 없는 돈을 벌어들이고 있었다.

"아직 부족합니다. 이 허허벌판에 항구를 세우고 수송선들이 드나들 수 있게 만들어야만 합니다. 그것만이 아니라 이곳에서 사용할 전기와 가스를 공급해야만, 천연가스를 추출해 액화천연가스(LNG)로 액화를 진행할 수 있는 육상처리 시설도 세울 수 있습니다."

천연가스를 해외로 수송하기 위해서는 부피를 축소할 필요가 있어, 1기압에서 액화하여 약 600분의 1의 부피로 축소해 LNG 운반선으로 수송한다.

"정말이지 저는 회장님의 머릿속을 들여다보고 싶습니다. 어떻게 된 구조이길래 앞으로 일어날 모든 일을 꿰뚫어보고 계시는지 말입니다."

"하하하! 저는 생각하신 만큼 그렇게 전지전능하지 않습니다. 단지 전체적인 그림을 그려갈 뿐입니다. 세세한 스케치나 밑그림들은 함께하는 직원들이 하는 것이지요."

러시아는 사하공화국 말고도 또 다른 자원의 보물단지가 있었다.

그곳은 러시아 시베리아의 야말로네네츠자치구 북서부에는 위치한 야말반도다.

야말반도의 면적은 12만2000㎢이며 길이는 750㎞, 너비 140~210㎞이며 야말반도 대부분은 동토 지대로 사람이 거의 살지 않는다.

야말반도의 이름은 현지어인 네네츠어로 '땅끝' 이라는 뜻이다. 이곳도 1년 중 여름 3개월간을 제외한 대부분의 기간 동안 눈과 얼음으로 뒤덮인 곳이다. 겨울에는 영하 30~40도로 내려가고 여름에도 0도를 간신히 넘을 정도의 날씨를 보인다.

야말반도는 순록과 야생동물들의 낙원이며 인간의 발길을 거부하는 곳 중의 하나였다.

하지만 이곳 통토의 땅속에는 러시아 전체의 80%에 해당하는 9260억 입방미터의 천연가스가 매장되어 있다.

이는 전 세계의 매장량의 17%에 해당하는 양이다.

하지만 아직까지 그 누구도 동토의 땅인 야말반도에 이

렇게 어마어마한 양의 천연가스가 매장되어 있는지 알지 못했다.

이곳 또한 룩오일NY에 합병된 노바테크와 유코스가 소유하고 있었다.

그러나 두 회사는 이곳에 투자할 여력이 없었고, 설사 개발이 이루어진다고 해도 인프라가 턱없이 부족해 원유나 가스를 운송할 수가 없었다.

룩오일NY도 현재로써 이곳까지 개발할 여력이 아직은 없었다.

"제가 옆에서 쭉 지켜본 바로는 회장님에게 맞서는 인물이 있다면 세상에서 가장 불행한 인물일 것입니다."

김만철은 빙하가 떠내려오는 틱시의 연안을 바라보며 말했다.

"그럴까요?"

김만철의 말처럼 이젠 그 누구와도 맞설 수 있다는 생각이 들었다.

"제가 장담합니다. 제 말이 틀리면 양손에 장을 지지겠습니다."

"세상은 크고 넓습니다. 그 때문이라도 제가 상상하지 못한 괴물 같은 인물들이 있을 수도 있습니다."

"괴물 중의 괴물은 회장님이십니다. 저들을 보십시오, 회장님이 방문한다고 주변을 호위하고 있지 않습니까?"

틱시의 군기지에 머무는 군인들이 나를 경호하기 위해 경계를 서고 있었다.

틱시는 외부인의 방문을 쉽게 허락하지 않는 곳이었지만 내가 러시아에서 갈 수 없는 곳은 없었다.

러시아의 군부에 있는 인물들도 나와 가까이하고 싶어 했다. 사하공화국 내에 주둔 중인 러시아 군대는 러시아 극동군구 산하에 속해 있었다.

극동군구와 시베리아군구에 속한 고위장성들은 야쿠츠크를 방문할 때마다 나에게 찾아와 인사를 건넸다.

그들은 러시아의 권력이 어느 방향으로 흘러가고 있는지를 명확히 알고 있었다.

"그래도 저는 아직 이방인에 불과합니다. 저의 힘이 쇠하는 순간 러시아에서 이룩한 모든 걸 빼앗길 수 있습니다."

러시아의 혼란기를 통해서 이룩한 부와 권력이었다. 혼란이 사라지고 러시아의 안정이 찾아들면 크렘린 궁을 차지한 인물이 어떻게 달라질지 몰랐다.

"그에 대한 대비를 하고 계시지 않습니까?"

옆에 듣고 있던 티토브 정의 말이었다.

"대비야 늘 하고 있습니다만 그 모든 일에 하늘이 도와주지 않으면 안 됩니다. 인간이 할 수 있는 최고의 선택도 신의 자비가 함께 하지 않으면 어그러지는 경우가 빈번하니까요."

내가 과거로 온 이후부터 신의 섭리를 생각하게 되었다.

인간의 역사 속에서나 내가 지금까지 겪었던 일들 속에는 설명할 수 없는 것들이 있었다.

구소련의 쿠데타에서 옐친 대통령을 극적으로 만난 경우를 통해서도 그걸 느낄 수 있었다. 옐친 대통령이 아니었다면 러시아에서 이렇게까지 성공할 수 없었다.

또한 북한에서 김평일과의 만남도 그에 못지않았다.

더구나 내 옆을 지키는 김만철과 티토브 정과의 인연이 없었다면 모든 성공을 뒤로한 채 일찌감치 세상을 떠났을 것이다.

"회장님께서는 신을 믿으시는 것 같습니다만 저는 회장님을 믿습니다. 회장님을 만날 수 있었기 때문에 제 생명을 구하고 꿈에 그리던 가족들까지 만날 수 있었으니까요. 회장님은 저를 비롯한 회사의 속한 모든 사람들에게 꿈을 심어주고 계십니다."

"하하하! 오늘따라 저를 너무 칭찬해 주시는데요."

"아닙니다. 늘 생각하고 있었던 것들입니다. 회장님의 말을 듣고 있으면 언제나 가슴이 뜁니다. 말씀하셨던 일들이 현실로 이루어지는 것을 눈으로 직접 보게 되니까요."

"그건 만철이 형님의 말이 맞습니다. 회장님께서 고려인이라는 소문이 돌면서부터 러시아에서 고려인들의 위상이 한껏 올라갔습니다. 물론 대우도 달라졌고요."

러시아의 고려인들은 구소련 때부터 이방인 취급을 받았다. 1937년 극동 지역에 거주하고 있던 고려인 약 172,000명이 스탈린의 명령으로 인하여 삶의 터전을 다 버리고 중앙아시아 지역으로 강제적으로 이주되었다.

평생 이룩한 모든 것을 잃어버린 채 아무것도 없는 상황에서 빈 벌판에 버려지듯이 이주했던 삶은 고통과 생존의 몸부림이었다.

이러한 삶은 중앙아시아에 거주하는 다른 민족에게 냉대를 받았고 러시아에서 성공하는 삶을 이룰 수가 없었다.

하지만 나의 등장은 고려인의 삶에도 영향을 미치기 시작했다.

표도르 강의 이름이 러시아에서 점차 힘을 발휘하기 시작하자 러시아인들은 고려인을 함부로 할 수 없게 된 것이다.

러시아에 진출한 도시락을 비롯하여 룩오일NY를 비롯한 산하에 있는 회사들에도 고려인을 우선하여 채용했다.

한편으로 고려인들을 위한 학교를 세우고 낡은 거주지를 변경하는 사업을 지원했다.

더욱이 러시아의 골칫거리인 마피아들이 고려인들을 함부로 대하지 않게 되었다.

이러한 현상으로 인해서 고려인이 아니면서도 고려인 행세를 하는 인물들까지 나오고 있었다.

"정말이지 저도 느끼는 것이지만 러시아만 오면 제가 다 우쭐해집니다."

김만철은 티토브 정의 말에 동조했다. 고려인뿐만 아니라 외모가 같은 한국인과 북한인들도 러시아에서의 대우가 달라지고 있었다.

강압적이고 무례한 면이 다분하던 공항에서 반응이 달라진 것이다.

모스크바 공항 책임자가 나로 인해서 바뀌었기 때문이기도 했다.

"하하하! 앞으로도 계속해서 목에 힘주시고 다니시게 해드려야겠습니다."

"하하하! 그러셔야지요. 이렇게 늘 데리고 다니시려면 말입니다."

김만철의 말이 싫지 않았다. 러시아에서 높아진 고려인과 한국인의 위상은 나만 받는 것으로 끝낼 수는 없었다.

중국에서 간도를 되찾아오기 위해서도 러시아에서의 힘과 권력은 더욱더 커져야만 했다.

모스크바로 돌아오자마자 말르노프 조직의 샤샤가 날 찾아왔다.

비약적으로 세력이 커진 말르노프의 세력은 모스크바의 다른 조직을 압도하고 있었다.

말르노프는 모스크바의 절반을 자신들의 의지대로 움직이고 있었다.

모스크바의 나머지 3대 마피아 그룹은 말르노프 조직의 눈치를 볼 정도였다.

"나머지 조직을 흡수하겠다고?"

"예, 통합을 하는 것이 모스크바에서의 사업을 더 확대할 수 있을 것 같습니다."

샤샤가 맡고 있는 말르노프는 운송과 유통은 물론 주류사업과 무기사업 등 합법을 가장한 불법적인 일들에 손을 뻗고 있었다.

하지만 나의 지시로 마약과 매춘사업에서는 손을 떼었다.

러시아는 통합되어 가는 모스크바를 제외한 전 지역이 춘추전국시대를 방불케 할 정도로 군소 마피아 조직들이 기승을 부리고 있었다.

"아직은 때가 아닌 것 같은데. 몸집이 커지고 비대해지면 러시아 정부의 타깃이 될 수 있어."

정치와 경제가 혼란스러운 상황에서 러시아 정부는 적극적으로 마피아에 대응하지 못하고 있었다.

아이러니하게도 이러한 현 상황이 코사크가 성장해 나가는 토대가 되고 있었다.

"저희가 정부 관계자들에게도 손을 쓰고 있습니다. 표면상으로는 나누어진 조직으로 가져가고 내부로는 통합된 상태로 가야만 현재 벌어지고 있는 충돌을 줄일 수 있을 것입니다."

말르노프 조직이 급속히 확대되자 3대 그룹과의 크고 작은 충돌이 모스크바 곳곳에서 벌어졌다.

체첸 마피아들을 모스크바에서 축출할 때는 하나가 되었지만, 지금은 이익을 위해 서로에게 총을 겨누는 형국이었다.

모스크바의 마피아 조직은 8대 그룹에서 코사크와의 충돌로 2개가 사라지고, 다시금 3대 그룹이 말르노프에게 흡수되다시피 통합되자 남은 3개 그룹의 불안감은 극심해졌다.

"합리적인 방법을 한번 찾아보도록 하지. 조급하게 일을 처리하다가는 자칫 모든 게 어그러질 수도 있다는 걸 항상 명심해야 해."

"예, 명심하겠습니다. 말르노프의 모든 것은 회장님의 것이라고 늘 생각하고 있습니다."

나의 말에 샤샤는 고개를 숙이며 말했다. 나에게 대항했던 마피아 조직들이 어떻게 붕괴하였는지 잘 알고 있는 샤샤는 나를 늘 조심스러워했고 두려움을 가지고 있었다.

내가 운영하는 코사크의 힘과 전투력은 이미 마피아들이 넘어설 수 없는 위치에 도달했다. 어느 순간부터 마피아들에게 있어서 러시아의 경찰들보다도 더욱 두려운 것이 코사크였다.

하지만 샤샤의 말도 틀린 것은 아니었다.

하나의 조직으로 통합되면 통제하기가 더욱 쉬워질 수 있었다.

그러나 아직은 거대 조직의 탄생할 시기가 아니었다.

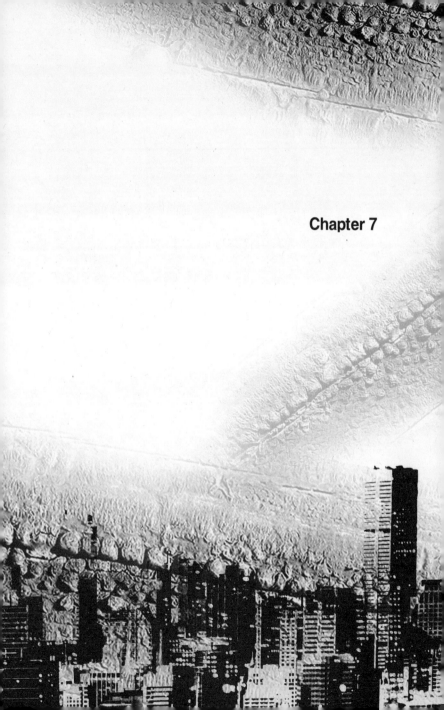

Chapter 7

샤샤와 만난 다음 날, 도시락의 모스크바 근교에 지어지고 있는 라면 공장 건설 현장을 찾았다.

올해 말 공사가 마무리되면 시험생산 후 본격적인 라면 생산에 돌입할 예정이다.

러시아에서 도시락 라면의 인기는 러시아 전역으로 더욱더 퍼져 나가고 있었다.

대도시 위주로 공급되었던 도시락 라면은 이젠 소도시와 지방도시까지 파고들고 있었다.

문제는 항상 공급량이 부족하다는 점이었다. 한편으로

구소련에서 독립한 나라들과 동유럽에도 도시락의 인기가 치솟고 있었다.

도시락은 러시아인들의 입맛에 맞게끔 맵지 않은 닭고기 맛, 소고기 맛, 돼지고기 맛 등 3종류의 도시락 라면을 개발한 상태였다.

그리고 그중 두 종류의 도시락을 한국에서 생산해 러시아에 수출하고 있었다.

나머지 한 종류는 모스크바 현지 공장이 완공되는 기념으로 출시될 예정이었다.

"소스 공장과 마요네즈 공장의 공정률도 90%입니다. 9월이면 시험 생산에 돌입할 수 있습니다."

라면 공장과 함께 세워지고 있는 소스 공장과 마요네즈 공장이 먼저 완공되어 제품을 생산할 수 있었다.

앞으로 이 공장에서는 마요네즈와 케첩, 스메따나 등을 주로 생산한다.

스메따나는 우유의 지방을 주성분으로 만든 샤워크림으로 신맛이 나는 흰 크림이다. 수프, 샐러드, 고기요리 등 러시아에서 스메따나가 들어가지 않은 요리가 없을 정도 많이 첨가되는 소스다.

뒤쪽의 공장 부지에는 앞으로 세워질 샐러드와 채소를 절여서 판매할 수 있는 염장식품 공장이 세워질 예정이다.

러시아 사람들은 샐러드를 주식처럼 먹는다. 러시아의 겨울은 날씨가 춥고 채솟값이 비싸기 때문에 러시아인은 염장식품들을 많이 먹는다.

새로운 공장에서는 피클부터 토마토절임, 양배추절임, 무절임 등 다양한 채소 절임 식품을 생산할 것이다.

생산된 제품들 모두는 도시락 판매장과 식품 소매점들에 공급될 것이다.

이미 모스크바의 유통망과 판매점이 확보되어 있어 생산만 하면 되었다.

"수고가 많았습니다. 러시아의 소스 시장도 도시락이 선점할 수 있도록 노력을 해야 합니다."

러시아는 전통적으로 소스를 이용한 요리가 많았고 빵이나 도시락에도 마요네즈를 부어서 먹는 사람들이 적지 않았다.

우리나라의 쌀처럼 먹는 감자에도 소스를 이용해 다양한 요리를 해먹었다.

"예, 종합 식품 회사로 나가기 위한 준비를 하나둘 준비하고 있습니다."

도시락 모스크바 지사장인 김종인은 자신감 있게 말했다.

도시락은 라면뿐만 아니라 러시아인 즐겨 먹는 감자 퓌

레와 인스턴트커피를 공급하기 위한 작업도 병행 중이었다.

김종인의 말처럼 도시락은 종합 식품 회사로 커나가기 위한 방안들을 마련하고 있었다.

"도시락의 인지도가 올라가는 만큼 품질에 더욱 신경을 써야 합니다. 도시락에서 만든 제품들은 언제나 믿을 수 있다는 인식을 확고히 하려면 말입니다."

"예, 러시아에서 쌓은 도시락의 인지도를 내리는 일이 절대 없도록 하겠습니다."

도시락은 러시아에서 다양한 광고와 여러 방법을 통해 도시락에 대한 좋은 이미지를 쌓아가고 있었다.

특히나 한국에서 처음으로 러시아 현지 공장을 설립한 점도 러시아인들에게 좋은 인상으로 다가갔다.

현재 도시락에서 직접 운영하는 도시락판매점은 모스크바와 주요 도시마다 진출해 좋은 품질의 제품과 식료품을 다양하게 공급하고 있었다.

식료품과 생활용품의 공급이 부족한 러시아에서 도시락판매점만은 항상 물품이 원활하게 공급되었다.

그리고 이러한 점은 도시락판매점을 신뢰하는 바탕이 되어가고 있었다.

이 모든 것은 러시아의 마피아가 장악했던 배송과 물류

망을 차지하게 된 이유였다.

이를 바탕으로 도시락과 소빈뱅크가 2천5백만 달러를 투자해 새롭게 부란(폭풍우)이라는 운송업체를 설립했고, 집중적으로 도시락판매점에서 필요한 물품을 배송했다.

한편으로 러시아 철도청과 시베리아 횡단철도를 활용한 물류 운송 MOU(양해각서)를 체결했다.

이를 통해서 러시아뿐만 아니라 유럽 지역까지 이동할 수 있었다.

한국과 중국에서 생산된 블루오션, 닉스, 도시락의 제품과 필요한 자재를 실은 배가 러시아 블라디보스토크에 도착한 후, 다시 시베리아 횡단철도(TSR)를 거쳐 독립국가연합과 슬로바키아, 헝가리, 폴란드 등 동유럽 지역까지 이동할 수 있게 되었다.

더불어서 모스크바와 대도시마다 세워진 물류창고들과 함께 유통망을 정비해 나가고 있다.

나는 다시금 도시락 공장 공사현장을 떠나 소빈메디컬센터가 지어지고 있는 현장으로 이동했다.

모스크바 트레티야코프 미술관 동쪽에 있는 10만㎡(3만 평) 부지에 지어지고 소빈메디컬센터는 직접적인 건설비만 1억 달러가 소요된 공사현장이다.

병원이 완공되면 최첨단 의료장비 구매와 시설구비에도 1억 달러가 들어갈 예정이다.

소빈메디컬센터가 완공되면 러시아는 물론 동유럽권에서 최고의 병원이 될 것이다.

유럽에 명성이 드높은 병원이 있는 프랑스와 독일, 그리고 스위스에 있는 최고의 병원들과 비교해도 전혀 떨어지지 않을 자신이 있었다.

"암센터와 심장센터의 공사 진행률은 60%입니다. 그리고 어린이병원은 65%가 진행된 상황입니다."

닉스E&C 이명수 공사 책임자의 말이었다. 그는 이사급으로 모스크바에서 진행하는 공사들을 책임지고 있었다.

소빈메디컬센터에서 가장 신경을 쓰는 것은 어린이병원이었다.

러시아에서는 어린이들을 전문적으로 치료하는 병원이 부족했고 어린이 질병에 대한 인식도 낮았다.

"내년 말까지는 예정대로 완공할 수 있겠습니까?"

"예, 특별한 경우가 발생하지 않는 한 공사 완공에는 문제가 없습니다."

러시아는 긴 겨울로 인해 공사를 진행하는 기간이 짧았다. 또한 경제적인 어려움으로 인해 공사 자재들의 공급이 제때에 이루어지지 않을 때가 많아졌다.

하지만 소빈메디컬센터는 러시아 중앙정부와 모스크바시의 전폭적인 지원으로 자재 수급에 대한 어려움을 겪지 않고 있었다.

"완공이 조금 늦어지더라도 문제가 발생하는 것이 없었으면 좋겠습니다. 하자가 없는 공사가 될 수 있게끔 부탁하겠습니다."

"예, 공사 감리를 철저히 하고 있습니다."

"또한 공사에 따른 안전사고가 발생하지 않도록 철저히 관리 감독하셨으면 합니다. 공사도 중요하지만, 안전이 제일입니다."

내 주변을 따르는 십여 명의 회사 및 공사 관계자들은 내가 하는 말들을 모두 수첩에 적었다.

룩오일NY와 닉스홀딩스를 이끄는 회장의 말을 무시할 수 있는 인물은 이곳에 아무도 없었다.

"예, 명심하겠습니다."

"국제진료센터의 병상 수는 얼마나 됩니까?"

소빈메디컬센터는 외국인들에 대한 치료를 전문적으로 하는 센터를 지향하기도 했다.

"500개의 병상 수를 두고서 공사가 진행 중입니다. 그중에 특별실은 50개입니다."

국제진료센터는 러시아 현지에 머무는 외국인들과 외국

에서 진료를 받으러 오는 외국인들을 위한 전문병원이기도
했다.

이는 소빈메디컬센터가 주력으로 생각하는 사업 중 하나
다.

러시아 현지에 머무는 외국인들이 가장 아쉬워하는 부분
이 병원이었다.

낙후된 시설도 문제였지만 병원 수가 적었다.

더욱이 환자가 외래진료 후 수술까지 이루어지는 과정이
매우 느리고 체계적으로 진행되지 않았다.

더구나 러시아의 의료체계는 한국처럼 환자가 원하는 병
원을 선택할 수 없었고 지정병원에서만 진료를 받아야만
한다.

그러나 소빈메디컬센터는 러시아의 의료체계에서 벗어
난 병원이 될 것이다.

"향후 국제진료센터의 병상 수를 늘리는 방안도 마련되
어야 합니다. 추가 부지 확보는 어떻게 되었습니까?"

소빈메디컬센터가 완공되기도 전에 병원 확장에 따른 부
지를 알아보고 있었다.

"예, 오른편에 보이는 부지를 모스크바시에서 제공하기
로 했습니다. 부지의 크기는 18,000㎡(5,445평)입니다."

닉스E&C 모스크바 지사장인 박주혁의 말이었다. 그가

가리킨 곳에는 사용하지 않은 부서진 건물과 창고들이 보였다.

아마도 구소련의 보수파가 일으킨 쿠데타 때에 파괴된 건물 같았다.

모스크바에는 쿠데타 이후 아직도 수리되지 않은 곳이 많았다. 그 모든 게 어려운 러시아의 경제적인 요인 때문이었다.

"새로운 부지는 질병 연구소 설립을 위해 준비하시길 바랍니다."

처음 소빈메디컬센터를 계획할 때 질병연구센터도 고려했었다.

그러나 뇌센터와 임상시험센터, 간센터, 장기이식센터, 희귀질환센터가 확대되어 질병 연구소의 자리가 축소되었다.

또한 병원 내에 충분한 휴식공간과 공원을 만들기 위해서도 부지가 더 필요했다.

병원이라는 딱딱한 공간을 바꾸기 위해서 소빈메디컬센터는 환자와 보호자는 물론 직원들을 위해 다양한 휴식공간과 문화공간까지 갖출 예정이다.

"예, 설계팀과 소빈메디컬센터와 합동으로 설계를 진행할 예정입니다."

닉스E&C 설계관리팀의 박우성 본부장의 말이었다. 닉스
E&C는 사업 규모가 점점 커지고 있었다.

닉스E&C는 인프라환경사업부와 건축사업부, 플랜트사
업부, 전력사업부 등 4개의 핵심사업부로 나누어져 국내와
러시아, 북한, 중국, 콩고민주공화국까지 다양한 공사 현장
에 진출하고 있었다.

"국내 병원 부지는 알아보고 있습니까?"

나는 고개를 끄떡인 후 다시 질문을 던졌다. 국내에도 병
원을 개설할 계획이었다.

국내와 러시아를 연계한 의료관광과 의료서비스를 구축
하려는 방안이었다.

"마포구에 있는 유수지 공영주차장과 그 일대 지역에 대
한 타당성 조사를 진행하고 있습니다. 조사과 끝나는 대로
서울시와 협의에 들어갈 예정입니다."

닉스E&C 경영기획팀에 정일수 부장이 대답했다. 공사현
장에는 닉스E&C의 임직원이 함께하고 있었다.

마포대교에 인접해 있는 지역으로 한강을 조망할 수 있
고 교통도 편리한 곳이었다.

문제는 개인소유의 땅보다는 서울시가 소유한 땅이 40%로
작지 않다는 점이다.

"서두르지 말고 충분한 검토와 타당성 조사를 바탕으로

진행하십시오."

"예, 알겠습니다."

정일수 부장은 고개를 숙이며 말했다. 닉스E&C를 거느리고 있는 닉스홀딩의 회장인 나를 처음 보았기 때문인지 긴장한 표정이었다.

더구나 수십 명의 건장한 경호원들이 사방을 경계하며 함께 움직이는 모습도 정일수를 위축되게 만드는 요인이기도 했다.

러시아를 방문하는 국내 회사관계자들은 자신들이 얼마나 큰 회사와 연계되어 있는지를 알게 된 후부터는 행동이 달라졌다.

닉스홀딩스와 연계된 룩오일NY는 명실상부 러시아 제일의 기업으로 부상했다.

이런 룩오일NY에 속한 회사들은 무서운 성장세로 러시아를 잠식하고 있었다.

룩오일NY 본사가 자리 잡고 있는 스베르 주변의 풍경이 올 때마다 바뀌고 있었다.

스베르가 위치한 주변의 빌딩을 모두 사들였다. 마치 빌딩들은 스베르를 보호하듯 감싸는 모양새로 자리 잡고 있었다.

각 빌딩에는 알로사와 코사크, 소빈뱅크, 세레브로, 부란, 라두가 자동차, 소빈메디컬센터가 입주해 일하고 있었다.

스베르를 중심으로 룩오일NY 타운이 형성된 것이다.

각 빌딩은 회사의 특성에 맞추어져 리모델링되었다.

그 때문에라도 주변의 경비는 더욱 삼엄했고, 회사와 관련되어 있지 않은 차량은 주변에 머물 수가 없었다.

특히나 스베르는 룩오일NY의 계열 회사 직원들이라도 출입증이 발급되지 않은 직원들은 절대 출입할 수 없었다.

출입문과 주차장에는 자동소총을 든 경비원들이 출입자들을 철저하게 관리 및 통제했다.

스베르와 가장 가까이에 있는 코사크 빌딩에는 코사크 타격대가 상주하고 있어 비상시에 곧바로 출동할 수 있었다.

스베르 건물 내에도 경비원을 제외한 30명의 경호원이 상주해 만일의 사태를 대비했다.

스베르에 있는 룩오일NY의 경영지원팀과 코사크의 정보팀을 통해서 러시아를 비롯한 주요 각국의 글로벌 정책과 규제 동향, 경영환경 변화, 각국의 정치 동향, 국내외의 시장 여건과 전망을 분석하여 나에게 보고했다.

이를 바탕으로 대내외 리스크와 기회 요인들을 분석하여

룩오일NY가 나아갈 방향과 경쟁회사들과의 차별적 전략을 세우고 경쟁우위 선점을 위해 노력하고 있었다.

이제는 주먹구구식의 경영이 아닌 정보와 분석을 통한 차별적인 경영 전략을 통해야만 살아남을 수 있는 세상이 다가오고 있다.

정보의 습득은 코사크 정보팀뿐만이 아니었다. 러시아 마피아 조직인 말르노프, 라리오노프, 블라노브 등과 러시아의 연방방첩국(FSK)를 통해서도 입수했다.

이렇게 입수한 정보를 바탕으로 정보분석팀에서 앞으로 일어날 수 있는 상황들을 철저하게 대비했다.

올 초 러시아는 개혁정책을 주도해 온 예고르 가이다르 제1 부총리와 보리스 표도로프 재무장관의 잇따른 사임으로 경제혼란에 대한 우려가 커지면서 루블화의 가치가 연일 큰 폭으로 떨어졌다.

나는 정보팀의 보고를 통해서 두 사람의 사임과 루블화의 폭락을 예견했고, 소빈뱅크를 통한 외환거래로 큰돈을 벌어들였다.

더불어서 내 머릿속에 들어 있는 미래의 기억들과 절충시켜 글로벌 경영환경 아래에서의 불확실성과 리스크 요인에 대해 능동적으로 대처해 나가고 있었다.

"후! 올해도 러시아는 쉽지 않겠어."

이미 구소련시절부터 침체를 보이기 시작했던 산업생산은 최근 4년 동안 계속 급격한 감소현상을 보여 왔다.

93년 국민총생산(GNP)이 90년 대비 36%, 92년에 비해서는 12%가 감속한 것을 비롯하여 공산품 생산은 40%, 소비재 생산은 30%, 산업 투자는 51%, 농산물 생산 7% 등 전산에 걸쳐 감소현상이 일어났다.

그나마 룩오일NY가 없었다면 산업 투자는 50%를 넘지 못했을 것이다.

이와 같은 현상은 군수산업이 지나치게 비대해져 경제적 암적 존재가 되었다.

하지만 소비재산업은 형편없이 낙후되도록 만든 사회주의 경제체제의 구조적 모순과 소련연방 붕괴와 함께 동유럽경제상호원조회의(COMECON)의 기능 마비로 러시아가 갖고 있던 대외 경제관계의 연결고리를 잃게 된 것에 원인이 있었다.

이런 상황에서 경쟁력이 약한 공산품과 농산물 산업을 가지고 갑작스럽게 자유시장 경제체제로 전환하려니 경제가 위기에 직면할 수밖에 없었다.

"음, 정확한 진단이야."

러시아는 92년 한 해 동안 소비자물가는 무려 26배나 뛰었고, 93년에도 9.4배나 올랐다. 이 같은 폭발적인 인플레

현상은 국민들의 생활수준을 급격하게 떨어뜨렸다.

현재 러시아 전체 국민의 3분의 1이 최저 생계비 이하의 소득만 올리고 있으며 이 중 13%는 가장 기본적인 식료품도 구매할 수 없는 처지에 놓여 있었다.

러시아가 흔들릴수록 룩오일NY와 러시아에 진출한 도시락 비롯한 닉스E&C는 오히려 더욱 탄탄한 입지를 구축해 가고 있었다.

러시아는 경제난을 해결하기 위해 7월부터 주식시장을 개방해 외국 투자자들에 대한 문호를 대폭 개방했다.

외국인들은 러시아의 바우처(국민주)를 러시아 중개상들의 손을 거쳐서 바우처 공매에 부쳐진 주식의 일부만을 구매할 수 있었지만 7월부터는 거의 제한이 없이 사들일 수 있었다.

더불어서 해외 투자 자본을 유치하기 위해 러시아는 자국의 기업들과 합작하는 외국 기업에 대해 등록한 뒤 5년간 소득세를 면제해 주고 상품 수출로 벌어들인 소득도 합작기업의 소유로 인정을 받게 된다.

러시아에서는 외국으로 송금하는 규모가 일정 금액이 넘어가는 경우 그 사유에 대한 서류를 요구했었다.

또한 합작기업에서 생산에 필요한 기계, 설비, 원료 등은 관세를 비롯한 각종 세금을 면제받게 되며 100% 외국 자본으로 설립되는 기업에 대해서는 기업이 필요로 하는 토지의 소유권도 인정받을 수 있게 되었다.

"후후! 10억 달러씩 유출되고 있군."

러시아 정부의 다각적인 경제정책에도 불구하고 현재 러시아에서 스위스 은행의 비밀계좌로 매달 10억 달러씩 유출되고 있었다.

더구나 정부의 보조금 지급 중단으로 기업 도산이 속출했다.

그 영향으로 올해 들어서만 산업생산이 27%나 줄어들었다. 내가 읽고 있는 보고서에는 인수·합병 시장에 나올 수 있는 러시아 기업들의 장단점이 담겨 있었다.

룩오일NY는 이 기회를 통해서 헐값으로 러시아의 핵심 기업들을 인수하려 했다.

그중 하나가 VSMPO―아비스마(VSMPO―Avisma)는 러시아 최대 티타늄제조업체이며 향후 세계 최대 티타늄 제조업체로 성장할 기업이다.

티타늄은 철보다 높은 강도와 적은 열팽창률을 지닌 합금으로 항공기, 우주개발, 자동차 등의 소재에 필수적으로 쓰이는 고가금속이다. 티타늄의 제조와 산업의 활용도에 따라 해당 산업의 경쟁력이 달라지기 때문에 매우 중요한 자원이다.

티타늄 제조에 있어 전통적으로 러시아가 한발 앞서왔다. 티타늄은 가볍고 강하면서도 녹슬지 않는 금속이다. 즉 녹슬지 않는(내식성이 강한) 이점을 이용하여 화학 플랜트와 의료기기에 사용되기도 한다.

현재 아비스마는 러시아 경제의 영향으로 러시아 최대 항공사인 수호이(JSC Sukhoy)사와 국영 우주기업 로스코스모스의 주문 축소로 어려움을 겪고 있었다.

소빈뱅크도 향후 자산관리와 신용카드 산업에 진출하기 위해 러시아의 알파반크 은행을 인수하는 작업을 벌이고 있었다.

나는 전화기를 들었다. 일반 전화번호보다 2자리가 더 많은 번호로 전화를 걸었다.

—여보세요?

"표도르 강입니다."

—안녕하십니까? 모스크바로 언제 돌아오셨습니까?

전화를 받는 인물은 새롭게 옐친 대통령 비서실장으로 선임된 안톤 바이노였다.

나는 바이노가 대통령 비서실장에 선임될 수 있게끔 힘을 썼다.

그는 외교관 출신으로 크렘린에서 행정실장을 맡고 있었다.

러시아 권력의 핵심인 크렘린궁 비서실장은 대통령이 의회에 제출할 법률 초안 작성에 참여하고 정책 이행을 감시하며 대통령을 위해 국내외 정세 분석을 수행하는 중요한 자리였다.

"엊그제 도착했습니다. 그동안 별일 없으셨지요?"

—후! 매일매일 전쟁입니다. 여러 가지 대외적인 상황이 좋지 않아서 말입니다.

한숨을 내쉬며 말하는 바이노의 목소리가 좋지 않았다. 그도 그럴 것이 현재 러시아의 경제는 한겨울에 꽁꽁 얼어붙은 강처럼 풀릴 기미가 보이지 않았다.

"지금은 어쩔 수 없는 과도기입니다. 모든 것은 시간이 해결해 줄 것입니다."

—그렇겠지요. 한데 어쩐 일로 전화를 주셨습니까?

"비서실장님께 부탁드릴 일이 있습니다."

—하하! 이제야 제가 할 일이 생겼군요. 무슨 일입니까?

지금의 위치를 만들어진 나에게 바이노는 보답을 하고 싶어 했다.

"VSMPO—아비스마라는 회사를 저희가 인수하고 싶습니다."

아비스마의 기술력은 러시아는 물론 세계에서 알아주고 있었다.

그 때문에 아비스마를 노리는 회사가 많았고, 정부에서 관리하는 회사였다. 더구나 아비스마는 자금 상황의 악화로 어려움 속에 있지만, 아직 인수합병 시장에 나오지 않았다.

─회장님께서 원하시는 방향으로 추진할 수 있게 알아보겠습니다.

"감사합니다. 부인께도 안부 전해 주십시오. 그리고 부인이 좋아하시는 로자(장미)를 보내드린다고 하십시오."

─하하하! 감사합니다. 좋은 소식을 전해드리겠습니다.

내 말에 전화기 너머로 바이노의 유쾌한 웃음소리가 들려왔다.

바이노의 부인에게는 아름다운 붉은 장미가 배달될 것이다. 그리고 그녀의 이름으로 개설된 소빈뱅크 통장에도 적지 않은 돈이 달러로 입금될 것이다.

나는 러시아에서 받은 만큼 돌려주었다.

Chapter 8

　모스크바 최대 중심지이자 젊음의 거리인 노브이 아르바
트(Noviy Arbat)를 찾았다.

　이곳에 알로사의 보석 판매점인 파베르제가 문을 열었
다.

　18세기에 지어진 고풍스러운 3층 건물을 고전과 현대가
어우러지게 리모델링하여 문을 연 파베르제의 내부는 아름
다움과 화려함이 물씬 풍기어왔다.

　7개월간의 리모델링 후에 열게 된 파베르제의 오픈파티
에는 러시아의 유명배우들과 정·재계의 인사들이 대거 참

석했다.

파베르제의 오픈파티를 기념해서 파베르제에서 제작한 보석들을 경매하여 그 수익금을 모스크바에 있는 보육원에 기부하는 행사가 벌어졌다.

새롭게 떠오르고 있는 러시아의 신흥재벌인 올리가르히를 대상으로 하는 기부행사이기도 했다.

올리가르히는 소련 붕괴 이후 러시아가 시장 경제화하는 과정에서 자원·금융·건설·미디어 등의 분야에서 떼돈을 번 러시아판 벼락 재벌을 일컫는다.

1억4천800만 명의 인구 중 4분의 1이 빈곤선 이하의 생활을 하는 러시아에서 고가의 보석을 소비할 수 있는 대상들은 그리 흔치 않았다.

파티에 참석자들 중 몇몇은 나를 알고 있는 인물도 있었지만 모르는 인물들이 대다수였다.

하지만 표도르 강의 이름은 모두가 알고 있었다.

먹음직스러운 파티음식들과 샴페인들이 놓여 있는 테이블들 사이를 오가며 파티에 참석한 사람들은 대화를 나누었다.

"모스크바에서 잘 나가는 인물들은 죄다 모인 것 같습니다."

김만철이 주변을 돌아보며 말했다. 그의 말처럼 파베르

제 오픈파티에 참석할 수 있느냐가 모스크바 사교계에서 화두로 떠올랐었다.

파베르제의 소유주가 누구인지 알고 있는 그들로서는 이 곳에 참석하는 것이 나와의 친분을 드러낼 수 있기 때문이다.

올리가르히들 사이에 소문에는 표도르 강이 러시아의 낮과 밤을 지배한다는 말이 퍼졌다.

소문은 항시 과장된 면이 있었지만 그만큼 나의 영향력은 시간이 흐를수록 더욱 커지고 견고해져 갔다.

"저들이 있어야만 파베르제가 성공할 수 있습니다."

파티에 참석한 올리가르히는 러시아에서 기회를 잡은 자들이다. 이들은 과도기에 있는 러시아에서 불법과 편법을 동원해 부를 축적해 가고 있었다.

만연된 뇌물과 부패, 그리고 권위주의적 정치 체제에서 이들은 자신들이 성공하는 방법을 찾은 것이다.

그때였다.

아름다운 금발의 미녀가 내 쪽으로 걸어오고 있었다.

늘씬한 키와 멋진 몸매가 드러나는 드레스를 입은 여자는 파베르제의 모델로 선발된 나리사 에리나였다.

올해 스무 살로 러시아 모델학교를 졸업하고 파리와 밀

라노에서 활발하게 활동하는 슈퍼모델이었다.

에리니나의 하얀 목에는 파베르제에서 신제품으로 선보인 핑크 다이아몬드 목걸이가 걸려 있었다.

"저도 한 잔 주시겠어요?"

파베르제 매장에는 나리사 에리니나 말고도 여러 모델들이 파베르제의 보석을 착용한 채 파티장을 맴돌고 있었다.

그중에서 에리니나가 단연 돋보였다.

자연스럽게 파티에 참여한 모델들이 실제로 착용한 모습을 직접 눈으로 보고 선택할 수 있게 만든 판매전략이었다.

"목걸이가 아주 잘 어울리네요."

에리니나에게 샴페인을 건네주며 말했다. 8캐럿의 핑크 다이아몬드를 중심으로 2캐럿짜리 다이아몬드들이 꽃 모양을 형상화한 목걸이는 에리니나의 눈처럼 흰 피부와 긴 목을 더욱 돋보이게 하였다.

에리니나를 파베르제의 전속모델로 삼은 이유를 알 수 있게 해주는 모습이었다.

"저는 별로인가요?"

샴페인을 받아든 에리니나는 옅은 미소를 띠며 말했다. 생각지도 못한 에리니나의 말에 순간 말문이 열리지 않았다.

"하하! 무척 아름답습니다. 이곳에 있는 어떤 여성보다도 말입니다."

나는 당황스러운 웃음을 지으며 말했다.

"치! 엎드려 절 받기네요. 이곳에는 어떻게 참석하셨어요? 아무나 올 수 없다고 들었는데."

에리니나는 내가 이곳의 주인이라는 사실을 알지 못했다.

아니 여긴 모인 대다수가 그랬고, 나를 알고 있는 인물들에게도 나를 드러내지 말라고 부탁했다.

"운이 좋았습니다. 아는 친구 덕분에 오게 되었습니다."

"고려인이세요?"

에리니나는 고개를 끄떡이며 물었다.

"아닙니다. 한국인입니다."

"어쩜! 한국인이신데 러시아어를 정말 잘하시네요."

에리니나는 나의 유창한 러시아어에 놀라는 표정이었다. 그도 그럴 것이 나의 러시아어 실력은 현지인이라고 해도 무방할 정도였다.

"러시아를 사랑하는 마음 때문에 러시아어도 잘할 수 있게 되었습니다."

"그러시구나. 사업을 하시나요?"

에리니나는 자신과 비슷한 연령대로 보이는 나에게 호감을 보였다.

그도 그럴 것이 파티장에서 모인 남자 중에서 내가 가장 어려 보였다.

"예, 사업을 하고 있습니다."

"젊어 보이시는데, 일찍 성공하셨나 보네요?"

에리나는 계속해서 질문을 던졌다.

"빨리 성공한 것은 맞습니다. 하지만 남들보다 더 열심히 일을 했죠. 한데, 여기 계속 있어도 되는 건가요?"

"뭐, 특별히 문제될 것은 없을 거예요. 파티에 참석한 사람들에게 제가 착용한 보석들을 보여주는 것이니까요. 이렇게 제 모습과 보석을 보고 계시잖아요. 그리고 저 사람들은 좀 따분해서요."

파티에 참석한 사람들은 비즈니스가 한창이었다. 모스크바에서 영향력을 가진 인물들이 한자리에 모이는 것은 흔한 일이 아니기 때문이다.

"하하하! 그런가요. 전 따분하지 않은가 보죠?"

"조금은요. 한국의 서울을 한 번 가본 적이 있어요."

"그래요? 언제 가봤는데요?"

"작년에 한국과 러시아의 친선패션쇼에 참석하기 위해서였죠. 서울은 모스크바와 달리 무척 역동적인 도시라는 느낌이 들어서요."

모스크바의 경제적인 어려움은 러시아 모델들에게도 적

용되고 있었다.

에리니나처럼 기업의 전속모델이 되거나 외국에 진출한 모델들은 사정이 그나마 나았다.

그러나 그렇지 못한 모델들은 일거리가 없어 어려운 생활을 했다.

"서울 사람들은 무척 바쁘게 생활하죠. 그러다 보니 모스크바에서 볼 수 없는 모습들을 느낄 수 있었을 것입니다."

확실히 서울과 모스크바를 비교하면 확실히 달랐다. 모스크바는 새로운 것을 받아들이는 시간이 더뎠고, 익숙하지 않은 것에 대한 두려움이 더 컸다.

변화보다는 현재에 머물기를 원하는 러시아인의 성향이 어쩌면 이곳에 있는 올리가르히(신흥재벌)에 기회를 제공한 것인지도 모른다.

더구나 올리가르히의 상당수가 유대인계 출신들이라는 것도 눈여겨 볼 만한 일이다.

러시아의 유대인들은 18세기 초 표트르 대제 시절 러시아로 대거 몰려갔다.

근대 국가를 만드는 데 애를 썼던 표트르는 능력 있는 유대인을 불러들였다.

1890년대 러시아 · 우크라이나 · 벨라루스 · 발트 지역 유대인은 520만 명에 달했다. 이후 약 20년에 걸친 지역 유대인 박해(포그롬) 때에 많은 유대인이 미국과 서유럽, 그리고 팔레스타인으로 떠났다.

이후 다수의 폴란드와 리투아니아 유대인들이 러시아로 들어왔다.

1941년 슬라브 지역 유대인은 480만 명에 달했다. 이 중 150만 명이 홀로코스트로 희생되었고, 남은 유대인들은 다시 북미와 호주 등지로 옮겼다.

그리고 3차 중동전 이후 많은 옛 소련 유대인이 이스라엘 정착촌으로 이주했다.

"저도 그래 보였어요. 다들 무언가에 쫓기는 듯이 빨리 움직였던 것이 생각나네요."

그때였다.

삼십 대 초반으로 보이는 우리 쪽으로 걸어왔다. 좀 전부터 에리니나를 유심히 바라보던 인물이었다.

"멋진 목걸이야. 이것도 경매에 나오나?"

사내는 무례한 말투로 에리니나에게 물었다.

그의 눈은 노골적으로 에리니나가 목에 걸고 있는 목걸이가 아닌 드레스 아래로 드러나 있는 그녀의 가슴골로 향해 있었다.

"이건 경매용이 아닌 판매용인 거로 알고 있습니다."

에리니나 그걸 느꼈는지 손으로 가슴을 가리며 말했다.

"그래, 이 목걸이는 너한테 아주 잘 어울리는군. 가격은 얼마나 하지?"

사내는 여전히 거칠고 무례한 말투였다. 얼굴이 붉어진 것으로 보아서 술을 많이 마신 것 같았다.

"판매장을 관리하는 매니저분께서 알고 계실 것입니다."

에리니나는 반대편에서 연미복을 입은 채 손님을 응대하는 매니저를 가리키며 말했다.

"나는 너한테 물었는데, 내가 가서 매니저한테 이야기를 들어야 하나?"

사내는 계속해서 시비조로 말을 걸었다. 에리니나에게 관심을 보이려는 행태였지만 방법이 잘못되었다.

"이 친구는 이곳의 직원이 아닌 모델입니다. 말씀이 좀 심한 것 같습니다."

더는 가만있을 수가 없었다.

"하하! 넌 누군데 우리 대화에 끼어들지? 가서 음식이나 날라."

사내는 나를 하찮은 듯 보며 물었다. 더구나 젊어 보이는 날 이곳에서 서빙을 하는 직원으로 본 것이다.

파티에 참석한 인물들 대다수가 러시아에서 돈과 권력을 가지고 있는 인물들이었다.

"무례한 것을 보면 참을 수 없는 사람."

"크하하하! 정의의 기사라? 요즘 모스크바에 재미있는 놈들이 많아졌어. 넌 내가 누군 줄 알고 까부는 거야?"

사내는 지금 상황이 재미있다는 듯 크게 웃었다.

분위기 심상치 않자 에리니나가 나서려고 했지만, 뒤에 있던 김만철이 제지했다.

"무례한 놈이지."

"간덩이가 부은 놈이군. 여자 하나 때문에 명을 재촉하는 걸 보면."

나를 보는 사내의 눈빛이 달라졌다. 그에 맞추어 한 인물이 우리가 있는 쪽으로 걸어왔다.

사내와 함께 파티에 온 인물인 것 같았다.

"무슨 일이냐?"

한눈에 봐도 고급스러운 슈트를 입고 있는 사내였다.

"이놈이 아름다운 숙녀분 앞에서 날 무례한 놈이라고 하는군."

"후후! 어린놈들은 사리 판단을 하지 못하지. 특히나 여자 앞에서는 더욱 그렇잖아. 여기서는 좀 그러니까, 나가서 손 좀 봐주지그래."

"그래야겠군. 블라디미르 벨로프가 이런 모욕을 받고서 참는다는 것은 러시아의 남자로서의 수치니까. 우리, 밖에서 못다 한 이야기를 나눌까?"

블라디미르 벨로프는 막심 벨로프의 아들이었다. 막심 벨로프는 은행업에 진출해 마피아들의 검은 돈을 세탁해 주는 사업을 하고 있었다.

그렇게 벌어들인 돈을 바탕으로 블라디미르는 정유회사인 시단코의 인수를 진행하려는 중이었다.

막심 벨로프도 갑작스러운 자본주의화로 빚어진 혼란의 틈바구니에서 잽싸게 시장경제에 적응해 정경유착과 탈세 등의 범법행위를 통해서 기업을 키우고 있었다.

"후회할 텐데."

나는 두 사내를 보며 말했다.

"하하하! 비탈리, 이놈 이거 멋진 놈인데."

"하하하! 그러게. 지금 우리 두 사람에게 위협을 가하고 있잖아."

바탈리 이바노프는 체첸마피아와 손을 잡고서 전국의 자동차 유통망을 장악하려는 시도하고 있는 사업가였다.

하지만 현재 라두가 자동차로 인해서 어려움을 겪고 있었다.

나이는 블라디미르보다 한 살 더 많았다.

바탈리는 블라디미르와 함께 러시아 최대 민간 항공사인 아에로플로트를 손에 넣으려는 작업을 시도 중이었다.

"여기서 큰소리로 떠들어봤자 소용없으니 밖으로 나가지."

"네놈의 배짱 하나는 내가 높이 쳐주지. 하지만 내 가랑이 사이를 긴 다음, 네 손가락 하나를 자른 후에야 오늘 일을 용서해 줄 것이야."

블라디미르는 적의에 가득 찬 눈으로 쳐다보며 말했다.

나는 블라디미르의 말에 아랑곳하지 않고서 앞장서서 파티장 밖으로 나갔다.

그 뒤를 블라디미르와 바탈리가 따라나섰다.

"나가서 도와주서야 하는 것 아니에요?"

에리니나는 걱정스러운 눈빛으로 김만철을 보며 물었다.

"내가 걱정하는 것은 저 두 사람입니다. 쯧쯧! 사람을 골라도 한참 잘못 골랐으니……."

혀를 차며 말하는 김만철을 에리니나는 어리둥절한 표정으로 쳐다보았다.

파티장 밖으로 나오자마자 나를 경호하는 경호원들이 움직였다.

하지만 나의 지시를 받은 경호원들은 주변을 경계할 뿐 내가 있는 쪽으로 다가오지 않았다.

블라디미르와 바탈리가 나오자 두 사람을 경호하는 인물이 다가오려 했지만, 코사크와 경호원들의 제지를 받았다.

"네놈이 뭘 믿고 까부는지는 모르겠지만 여기까지야. 자,

내 가랑이 사이를 기면 손가락은 부러뜨리는 것으로 봐주지."

블라디미르는 가랑이를 벌리며 말했다. 그는 아직까지 사태 파악을 하지 못한 채 기고만장한 태도였다.

아마도 자신을 경호하는 경호원들을 믿는 것 같았다.

하지만 그들은 멀찌감치 떨어진 채 지켜볼 뿐이었다.

"후후! 난 개가 되고 싶지 않은데? 나도 너한테 제안을 하지. 지금이라도 숙녀분께 무릎을 꿇고 사과를 하면 오늘 일은 없던 걸로 해주지."

"크하하하! 저 소리를 들었어? 모스크바는 이래서 재미있다니까."

블라디미르는 큰 소리로 웃으면서 말했다.

"개가 짖을 때는 몽둥이가 약인 법이지. 뭣들 하는 거야? 이리로 와!"

바탈리는 멀뚱히 서 있는 자신의 경호원들과 운전사를 향해 소리쳤다.

하지만 세 사람은 무표정한 얼굴로 바탈리의 말에 대꾸하지 않았다.

"저놈들이 미쳤나? 이리 오라고!"

바탈리는 다시 한 번 큰소리로 외치며 손짓했다. 하지만 결과는 같았다.

"하하하! 바탈리, 제때 월급을 주라고."

바탈리에 모습에 웃음이 난 블라디미르는 자신의 경호원들이 서 있는 쪽을 향했다.

"이리 와서 이놈을 작살을 내버려!"

블라디미르는 건장한 체격의 사내들을 향해 소리쳤다.

하지만 그들도 망부석이 된 것처럼 그 누구도 움직이지 않았다.

평소 블라디미르의 말에 즉각적으로 반응하던 경호원들의 모습이 아니었다.

"야! 안 오고 뭐 해!"

블라디미르는 다시 한 번 신경질적으로 소리쳤다. 그러나 반응은 동일했다.

"네가 직접 해결하라고 하는 것 같은데?"

내 말에 두 사람의 표정이 조금 달라졌다.

"좋아, 아주 피떡으로 만들어주지."

블라디미르는 입고 있던 정장 재킷을 벗었다. 그는 어려서부터 러시아의 삼보를 배워왔었다.

재킷을 바탈리에게 건네준 블라디미르는 그대로 나에게 돌진해 왔다.

185cm가 넘는 건장한 체격에 블라디미르가 돌진해 오자 마치 성난 멧돼지를 보는 것 같았다.

나 또한 블라디미르를 향해 몸을 날렸다.

블라디미르는 내 허리를 향해 강력한 태클을 걸어오는 순간 오른쪽 무릎이 허공으로 솟구치며 블라디미르의 턱을 강타했다.

퍽!

그러자 육중한 블라디미르의 몸이 앞으로 쏠리며 그대로 땅바닥에 쓰러졌다.

큰 충격을 받은 듯 땅바닥에 엎드린 채로 쓰러진 블라디미르는 쉽사리 일어나지 못했다.

나를 너무 가볍게 본 대가였다.

기고만장했던 블라디미르와 바탈리, 둘 다 에리니나 앞에 무릎을 꿇었다.

"정말 제가 무례하게 굴었습니다. 용서해 주시길 바랍니다."

지금의 상황이 도저히 믿어지지 않는지 블라디미르의 목소리는 떨리는 것이 똑똑히 느껴졌다.

떨리는 그의 목소리에는 모멸감과 자괴감이 묻어나왔다.

에리니나도 지금 상황이 믿어지지 않는 것은 똑같았다. 잡아먹을 듯이 파티장 밖으로 나갔던 두 사람이 자신에게 돌아와 무릎을 꿇으며 용서를 구하고 있었다.

"용서, 할게요. 일어나세요."

사람들 앞에서 두 사람을 무릎을 계속 꿇게 할 수는 없었다.

블라디미르와 바탈리는 에리니나의 말에도 바로 일어나지 않았다.

두 사람 다 내 눈치를 살피고 있었다.

내가 고개를 끄떡이자 블라디미르와 바탈리는 조심스럽게 바닥에서 일어났다.

두 사람은 내가 누구인지 알게 되었다. 자신들의 경호원들이 허수아비처럼 서 있기만 하고 왜 움직일 수 없었는지도 말이다.

에리니나에게 용서를 받으면 오늘 일을 잊어버리겠다고 말했음에도 블라디미르와 바탈리 둘 다 표정이 굳어 있었다.

표도르 강과 맞서지 말라는 말은 러시아의 마피아뿐만 정·재계 인물들에게도 퍼지고 있는 소문이었다.

"앞으로 이러한 일이 없을 것입니다. 정말 미안했습니다."

일어서면서도 블라디미르는 다시금 용서를 구했다. 벌겋게 부어오른 턱 때문에 그의 목소리는 이전보다 목소리가 작았다.

"예."

에리니나는 머쓱한 표정으로 대답했다. 자신에게 용서를 구하는 두 사람 다 러시아에서 대단한 인물들이라는 것을 에리니나는 잘 알고 있었다.

"소란을 피워서 정말 죄송했습니다."

"몰라 봬서 죄송합니다."

두 사람은 나에게도 고개를 깊숙이 숙이며 파티장을 빠르게 떠났다.

그리고 떠나는 두 사람의 눈에 살기가 도는 것을 난 감지할 수 있었다.

"아무 문제없을까요?"

에리니나는 걱정스러운 눈빛으로 날 바라보며 물었다.

"두 사람이 어리석지 않다면 아무 문제없을 것입니다. 자, 오늘은 걱정하지 말고 파티를 즐기도록 하세요."

난 에리니나를 파티장 안으로 들여보내며 말했다.

블라디미르는 자신의 벤츠 차량에서 부들부들 몸을 떨며 악에 받쳐 소리를 질렀다.

"다 죽여 버리고 말 거야!"

"너희도 다 해고야!"

블라디미르는 자신의 경호원과 운전사를 향해 소리쳤다.

"죄송합니다. 저희도 위협을 받아 어쩔 수 없었습니다. 주변에 놈의 경호원들만 수십 명이 있었습니다."

블라디미르의 경호 책임자이자 측근인 유리의 말이었다.

"이대로 있다가는 내가 화를 참지 못해 죽을 거야. 놈을 죽일 방법이 없을까?"

"놈이 진짜 표도르 강이면 위험합니다."

"그놈이 표도르 강이라는 증거가 있어? 그리고 그렇다 하더라도 이대로 참고 넘길 수 없어. 소문은 항상 과장될 뿐이야."

블라디미르는 분노에 휩싸여 사리 판단을 하지 못했다. 지금까지 러시아에서 자신을 무시한 사람이 없었고, 오늘 같은 굴욕을 준 인물도 없었다.

문제는 표도르 강이 어떻게 힘을 가지게 되었고 마피아들이 왜 두려워하는지 알려진 것이 별로 없었다.

Chapter 9

파베르제 보석판매점의 오픈식은 성공적으로 끝마쳤다. 불미스러운 일이 있었지만, 그것에 아랑곳하지 않고서 오픈 당일 선보였던 보석들이 모두 팔려 나갔다.

파베르제가 만들어낸 아름다운 보석들에 대한 명성을 한 껏 드높였던 날이기도 했다.

모스크바에서의 일정은 내일 직원들을 위해 짓고 있는 고급 주택단지를 돌아보는 것으로 끝낼 예정이다.

러시아의 경제는 여전히 미궁 속에 빠져 허우적거리고 있었다.

그로 인해 러시아 서민들의 삶은 해가 지나면 지날수록 더욱 곤궁한 삶을 이어가고 있었다.

그러나 새롭게 떠오른 신흥재벌들의 삶은 전혀 달랐다.

현재 러시아에서는 무역, 건설, 농산물 생산을 위한 중소 개인 기업들이 출현했지만, 공산품 생산은 여전히 국가소유의 대형공장들에 의존하고 있다.

빠르게 러시아의 국영기업들에 대한 민영화가 이루어지고는 있었다.

그러나 그에 따른 막대한 이익 대부분은 신흥재벌인 올리가르히의 호주머니로 흘러들어 갔다.

91년부터 막대한 부를 축적하고 있는 이들은 돈을 국외로 반출할 수 있는 권리도 누리고 있었다.

이를 바탕으로 지중해와 서유럽의 고급주택과 빌딩 등 부동산을 사들이고 있었다.

더불어서 모스크바 인근의 루블료브카는 올리가르히들이 모여들면서 새로운 부자촌을 형성해 가고 있었다.

구소련 시대 공산당 최고 간부들이 살았던 이곳의 별장들은 초현대식 건물들로 리모델링되어 올리가르히에 팔려나가고 있다.

그중 7m의 담장의 둘러싸여 성을 연상시키는 한 고급주택으로 BMW 승용차 두 대가 들어갔다.

차에서 내린 인물들은 모스크바 4대 그룹 중 말르노프 조직과 가장 사이가 벌어진 탐보프의 인물들이었다.

모스크바의 최대 조직으로 떠오른 말르노프와 대결 구도로 가자 탐보프를 이끄는 마카로프는 조직원을 늘리는 한편, 비밀리에 모스크바에서 퇴출당한 체첸 마피아에게 손을 내밀고 있었다.

모스크바 4대 그룹이 체첸 마피아를 모스크바에서 몰아낸 후 서로가 굳게 합의한 것을 깬 행위였다.

"어서 오십시오."

이들을 반겨주는 인물은 다름 아닌 파베르제 보석상에서 강태수에게 당했던 블라디미르였다.

"사업은 잘되고 있습니까?"

40대 초반의 마카로프는 블라디미르와 구면이었다. 올리가르히는 사업적인 부분에 있어 러시아 마피아들과 연계된 인물들이 적지 않았다.

"사업이야 잘 진행되고 있지만 절 아주 개망신을 준 놈 때문에 잠을 자지 못할 정도입니다."

"어떤 놈이 감히 모스크바에서 블라디미르 씨를 모욕할 수 있단 말입니까?"

올리가르히 중에서도 빠르게 성장하고 막심 벨로프의 아들인 블라디미르를 무시하는 인물은 마카로프의 머릿속에는 없었다.

아버지인 막심과 아들인 블라디미르는 러시아의 정치권에도 상당한 연줄이 있었다.

"표도르 강입니다."

"코사크의 표도르 강을 말하는 것입니까?"

순간 마카로프는 표정이 굳어지며 물었다.

"제가 알기엔 그렇게 알고 있습니다."

"하하하! 정말 거물을 상대하셨군요."

그제야 마카로프는 블라디미르가 자신을 직접 부른 이유를 이해할 수 있었다.

표도르 강은 블라디미르 혼자서 상대할 수 있는 인물이 아니었다.

"놈이 아무리 거물이라도 총알을 피해갈 수는 없지 않겠습니까?"

블라디미르가 마카로프를 부른 것은 표도르 강에 대한 청부 살인을 하기 위해서였다.

러시아 마피아가 손대는 분야는 거의 무제한이었다. 시장과 노변 행상의 자릿세 갈취부터 자동차 절도, 무기나 마약 밀매, 부동산 사기까지 돈이 되는 것이면 무엇이나 뛰어들었다.

그중에서 가장 짭짤한 사업이 청부 살인으로 올해만 해도 벌써 170건의 청부 살인사건이 발생했고, 작년에는 565명이 청부 살해당했다.

　작계는 1백 달러에서 수만 달러에 전문 살인자들이 고용되어 범죄단체 두목이나 사업가, 부동산소유자, 고위공무원, 의원, 언론인 등 가리지 않고 청부 살인이 이루어졌다.

　"하하하! 맞는 말입니다. 하지만 표도르 강을 죽이지 못할 경우 청부를 의뢰한 사람이나 청부자 모두가 이 세상에서 더는 숨을 쉴 수 없을 것입니다."

　소리 내어 웃으면서 말하는 마카로프의 눈빛은 전혀 웃는 사람의 눈빛이 아니었다.

　마치 마피아가 일반인에게 경고하듯이 노려보는 매서운 눈빛이었다.

　"청부를 의뢰하려면 목숨을 내어놓아야 한단 말입니까?"

　마카로프의 말에 블라디미르는 놀란 눈을 하며 물었다. 블라디미르는 돈을 주고서 진행하는 살인청부에 목숨까지 위험하다는 말이 와 닿지 않았다.

　이미 자신의 경쟁자와 정적을 처리하기 위해서 여러 번 마카로프와 거래를 했다.

　"물론입니다. 더구나 지금까지의 비용으로는 표도르 강을 처리할 수 없습니다."

　지금까지 가장 많이 지급된 비용은 미화 기준으로 15만 달러였다.

"50만 달러를 생각하고 있습니다."

"그걸로는 자신의 목숨을 담보로 나설 인물들은 없습니다."

"그럼, 백만 달러를 내야 합니까?"

"아닙니다. 적어도 천만 달러 이상은 준비해야만 할 것입니다."

"천만 달러라고요?!"

블라디미르는 놀란 토끼 눈을 하며 되물었다.

"표도르 강이 목표라면 천만 달러도 싸게 드는 비용이 될 것입니다. 돈도 중요하지만, 그 누구도 목숨을 잃고 싶은 마음도 없으니까요."

"음, 고민스러운 부분이군요."

무서울 것이 없다는 마카로프가 이런 식으로 말을 할 줄 몰랐다.

더구나 천만 달러는 결코 적은 금액이 아니었다. 최대 백만 달러까지 생각하고 있었던 블라디미르였다.

"천만 달러가 준비되었다고 해도 움직인다는 보장이 없습니다. 돈보다도 표도르 강을 확실히 죽일 수 있다는 확신이 더 중요합니다."

"정말이지 외국 놈이 뭐라고……. 표도르 강을 너무 과대 평가하는 것이 아닙니까?"

"후후! 아니요. 놈을 최소한으로 평가한다고 해도 우리 조직이 놈의 옷자락 하나 건들지 못할 수도 있습니다."

"음, 그 정도라니……. 한데 정말 놈을 죽일 방법이 없다는 말입니까?"

마카로프의 말을 들은 블라디미르는 오기가 생겼다.

아니, 어쩌면 모스크바에서 무법자처럼 행동하는 마피아도 꺼리는 표도르 강을 자신의 손으로 제거해 버렸다는 호승심과 더욱 자신을 돋보이게 해줄 평판을 듣고 싶은 마음이 더 강하게 그를 이끌었다.

"죽음을 피할 수 있는 완벽한 인물은 세상에는 없습니다. 단지 표도르 강은 무척이나 어렵다는 것이지요. 방법은 표도르 강과 가까운 인물이 그를 배신한다면 가능할 수도 있겠지요."

"가까운 인물이라……. 아! 가까운 인물이 있을 수도 있겠습니다."

어두운 표정으로 생각에 잠겼던 블라디미르의 표정이 밝게 변하며 말했다.

*   *   *

에리니나는 모레 프랑스 파리에서 열리는 패션쇼와 파베르제 행사에 참석하기 위해서 짐을 정리하는 중이었다.

그때였다.

쾅! 쾅!

누군가 아파트 문을 심하게 두드리고 있었다.

"엄마! 밖에 좀 나가봐요. 누가 왔나 봐요."

에리니나가 소리치자 문 쪽으로 걸어가는 소리가 들렸다.

"누구세요?"

"아랫집 사람인데 화장실 천장에서 물이 새고 있어요. 확인 좀 해야겠습니다."

"물이 샌다고요?"

젊은 남자의 목소리에 에리니나의 엄마는 문의 자물쇠를 풀고 문을 열려는 순간이었다.

쾅!

갑자기 문이 난폭하게 열리면서 4명의 건장한 남자들이 집안으로 들이닥쳤다.

"누구⋯⋯."

에리니나의 엄마가 뭐라고 할 사이도 없이 침입자 중 하나가 그녀의 입을 거칠게 막아버렸다.

그러고는 에리니나가 있는 방으로 향했다.

　　　　*　　　*　　　*

에리니나의 눈에서는 밤새 눈물이 계속해서 흘러내렸다.

어젯밤 아파트에 갑자기 들이닥친 괴한들에 의해서 에리니나의 엄마가 납치되었다.

그녀의 엄마를 무사히 돌려보내길 원한다면 자신들의 요구를 들어주어야 한다는 협박을 받았다.

경찰에 신고하는 순간 엄마를 영영 볼 수 없다는 말도 함께.

"흑흑! 이걸 어떡해……."

에리니나의 손에 들린 것은 작은 알약이었다.

괴한들이 요구한 것은 단 하나였다. 이 알약을 어떤 방법을 써서라도 표도르 강에게 먹이라는 것이었다.

그리고 그녀의 왼손에 쥐고 있는 것은 전화번호였다.

에리니나는 침착하려고 애를 썼다. 오른손에 쥐고 있는 알약은 독극물이 분명했다.

괴한들은 지금 자신을 도와주었던 표도르 강을 죽이려는 것이다.

"흑흑! 엄마를 살리려면……."

에리니나가 3살부터 혼자가 된 그녀의 엄마는 모든 걸 포기하고 에리나나만을 위해 살아왔다.

이제 모델로서 성공해 가고 있는 에리나나의 모습을 바라보면서 그녀의 엄마는 지난날들의 어려움에 대한 보상으로 여기고 있었다.

"후! 내가 하지 않으면 엄마를 볼 수 없어……."

에리나나는 밤새 울면서 고민했던 생각을 정리했다.

그리고 그녀는 결심한 듯 앞에 놓인 수화기를 들고는 메모지에 적힌 전화번호의 숫자를 하나씩 하나씩 누르기 시작했다.

전혀 생각지도 못하게 파베르제의 메인모델인 에리나나에게서 전화가 걸려왔다.

그녀에게 전화번호를 건네준 기억은 없었지만 어떻게 알았는지 회사로 전화가 걸려왔다.

그녀는 만나서 꼭 전할 말이 있다면서 날 만나기를 원했다.

파베르제 보석상에서의 불미스러운 일도 있고 해서 잠깐 시간을 내주기로 했다.

이제는 업무적인 일을 떠나서 올라오는 보고서 검토만으로도 시간이 부족했다.

시시각각 변화하는 러시아의 경제 상황 때문이라도 중요

한 보고서들이 지속적으로 올라왔다.

에리니나는 떨리는 가슴을 가까스로 진정시키면서 최대한 아름답게 보이기 위해서 화장을 했다.

아름다운 미인은 여러모로 유리한 점이 많았다. 아름다움은 의심을 가리고 상대의 마음을 풀어놓게 만들었다.

동서고금을 막론하고 남자를 상대하는 일에 있어 미인계는 가장 성공적인 전략으로 통했다.

에리니나가 지나는 곳마다 남자들의 시선을 사로잡았고, 다시 한 번 그녀를 보기 위해 뒤를 돌아보게 만들었다.

택시를 타고 룩오일NY 타운에 도착하자 에리니나의 심장은 더욱더 심하게 뛰었다.

건물에 들어서기 전인데도 사방에 자동소총을 든 경비원들이 눈에 들어왔다.

"어떻게 오셨습니까?"

스베르로 들어가는 입구에서 경비원이 에리니나에게 물었다.

"표도르 강 씨를 만나러 왔습니다."

"신분증을 보여주십시오."

경비원은 에리니나에게 신분증을 요구했다.

"여기 있습니다."

"잠시만 기다려 주십시오. 확인해 보겠습니다."

경비원은 에리니나에게서 건네받은 신분증을 가지고서는 전화기가 있는 곳으로 향했다.

그리고는 어디론가 전화를 걸었다.

잠시 후 경비원은 출입증과 함께 에리니나의 신분증을 건네주었다.

"건물로 들어가시면 출입증을 반드시 목에 걸으셔야 합니다. 1번 엘리베이터를 이용하십시오. 안내원이 기다리고 있을 것입니다."

경비원의 말대로 에리니나는 출입증을 목에 걸었다. 그리고 공항 검색대와 비슷한 곳에서 소지한 가방을 검사받고서야 엘리베이터로 향할 수 있었다.

"후! 내가 할 수 있을까?"

엘리베이터를 걸어가는 동안에도 그녀의 머릿속에는 수십 번 생각이 엇갈렸다.

에리니나가 타려는 1번 엘리베이터는 특정 층만을 운행하는 엘리베이터였다.

엘리베이터의 버튼을 누르자 엘리베이터는 21층에서부터 다른 층을 거치지 않고 1층까지 내려오고 있었다.

엘리베이터의 문이 열리자 안에는 경비원이 말한 것처럼 안내원이 있었다.

"에리니나 씨인가요?"

"예."

"타십시오. 약속하신 분이 위에서 기다리고 계십니다."

안내원의 말에 에리니나는 엘리베이터 안으로 들어섰다. 엘리베이터의 문이 닫히자마자 엘리베이터는 빠른 속도로 21층으로 올라갔다.

에리니나는 21층에 도착하자 대기실에서 잠시 기다려야만 했다.

대기실은 하나가 아닌, 다섯 개의 대기실이 있었다. 그리고 대기실마다 사람들이 대기하고 있었다.

21층은 뭔가 특별해 보였고 일을 하는 사람들의 분위기도 달라 보였다.

복도에는 말끔한 양복을 입은 인물들이 지나다니면서 무전기로 무언가를 보고하고 있었다.

'후! 침착해야 해. 침착하지 않으면 어머니가 죽어…….'

에리니나는 안내원이 가져다준 차를 마시며 침착하려고 애를 썼다.

15분 정도 기다렸을 때 안내원이 다시금 에리니나를 찾았다.

안내원을 따라서 대기실 앞쪽에 위치한 방으로 들어갔다.

방 안에는 서른 명이 넘는 사람들이 분주하게 일을 하고 있었다.

"에리니나 양이 회장님을 만나 뵈러 왔습니다."

안내원은 비서로 보이는 여자 앞으로 가서 말했다.

"잠시만 기다리세요. 전화를 넣겠습니다."

말을 마친 여자는 수화기를 들어서 에리니나가 도착했다는 말을 전했다.

"저 안으로 들어가 보세요."

비서가 가리킨 곳에는 또 하나의 커다란 문이 있었다.

에리니나는 고개를 살짝 숙인 후에 문 쪽으로 걸어갔다.

꿀걱!

문의 손잡이를 잡는 에리니나는 자신도 모르게 침을 삼켰다.

손잡이를 오른쪽으로 돌리자 열릴 것 같지 않아 보이던 화려한 문양의 문이 너무 손쉽게 열렸다.

'침착해야 해.'

"후!"

에리니나는 심호흡을 한 후에 안으로 들어갔다.

안쪽은 생각보다 넓었다.

커다란 창가 쪽에 있는 큰 책상 앉은 표도르 강이 눈에 들어왔다.

한데 문제는 방 안에는 표도르 강 혼자가 아니었다. 두 명의 남자가 있었고, 한 명은 에리니나가 파티장에서 본 남자였다.

"어서 오세요. 저에게 한 말이 있다고요?"

나의 말에 에리니나는 선뜻 대답을 하지 못했다. 왠지 그녀는 경직된 모습이었다.

"에리니나?"

"아! 죄송합니다. 갑자기 찾아와서 미안합니다."

다시 한 번 이름을 부르자 그제야 에리니나는 입을 열었다. 한데 무척이나 당황스러운 모습과 함께 불안한 표정이었다.

"무슨 일 있습니까?"

"예! 아니요. 이렇게 높으신 분인지 몰라서……."

사실 에리니나는 내가 이곳에서 근무하는 직원으로만 생각했다.

"하하하! 그렇게 높은 사람은 아닙니다. 자, 이쪽으로 앉으시지요."

나의 말에 에리니나는 응접실용 의자에 앉았다. 그때 비서가 차를 가지고 들어왔다.

"저에게 전화를 하실 줄 몰랐습니다. 무슨 문제라도 생기셨습니까?"

나는 파티에서 시비를 걸었던 블라디미르가 생각났다.
혹시나 하는 마음에 블라디미르에 대한 신상파악을 끝내놓
았다.

"예, 문제는 없습니다. 그게……."

에리니나는 자신을 바라보는 김만철과 티토브 정이 자꾸
만 마음에 걸렸다.

오른손에 꼭 쥐고 있는 알약을 어떻게든 차 속에 넣고 싶
었지만 두 사람 때문에 그럴 수가 없었다.

'어떻게 해야 하지…….'

에리니나는 애써 자신의 복잡한 심경을 숨기려 했지만,
고스란히 얼굴에 드러나고 있었다.

'뭔가 문제가 생긴 것 같군.'

"무슨 문제가 생겼다면 제가 에리니나를 힘껏 돕겠습니
다."

"흐흑흑!"

내 말이 떨어지기 무섭게 에리니나가 두 손으로 얼굴을
감싸며 울기 시작했다.

갑작스러운 그녀의 행동에 나를 비롯한 김만철과 티토브
정은 당황스러웠다.

에리니나는 자신을 죄어오는 중압감과 긴장감을 이겨낼
수 없었다.

더구나 지금도 자신을 도우려고 하는 나를 해할 용기도
없었다.

　20분 정도 말없이 울고 난 에리니나는 호주머니에서 알
약 하나를 꺼내놓으면서 입을 열었다.

　"어젯밤 엄마를 납치해 간 괴한들이 회장님에게 이 알약
을 어떻게든 먹이라고 했어요. 그렇지 않으면 엄마를 영영
볼 수 없다고……. 흑흑!"

　말을 마친 에리니나는 다시금 울음을 터뜨렸다. 그녀의
말이 무엇을 의미하는지 충분히 이해되었다.

　뒤에서 이야기를 듣고 있던 김만철은 수화기를 들었고,
티토브 정은 밖으로 급하게 나갔다.

　두 사람은 위기대응팀을 가동하기 위해서 움직인 것이
다.

　김만철이 벽에 부착된 붉은 버튼을 누르자 방 안의 유리
창들 위에서 블라인드가 모두 내려와 창을 가렸다.

　외부에서의 저격을 방지하기 위해서였다. 주변은 모두
방탄 유리창들이었지만 모스크바는 상식을 넘어서는 일들
이 벌어지는 곳이었다.

　모스크바의 마피아가 자신들의 요구를 들어주지 않은 병
원과 일반 기업의 사무실을 대전차무기인 RPG―7으로 공

격한 일도 있었다.

"어머니를 꼭 만날 수 있게 해드리겠습니다."

에리니나를 위협한 괴한들이 누구인지는 모르지만, 그들은 앞으로 지옥을 맛볼 준비를 해야 할 것이다.

코사크 정보팀이 먼저 움직였다. 에리니나의 주변 인물들에 대한 조사와 함께 원한관계에 대해서도 조사가 들어갔다.

한편으로 파베르제 파티장에서 불미스러운 일을 저지른 블라디미르와 바탈리의 행적을 조사했다.

또한 마피아에게 표도르 강에 대한 청부살인이 의뢰되었는지도 조사되고 있었다.

이 조사에는 샤샤의 말르노프를 포함한 모스크바 4대 그룹 모두 조사 대상이었다.

코사크 정보팀의 모든 정보력이 이번 조사에 동원되었다.

반나절 만에 정보들이 하나씩 들어왔다.

연방방첩국(FSK)에서 모스크바 4대 그룹 중 하나인 탐보프를 이끄는 마카로프가 블라디미르와 접촉을 했다는 정보였다.

또한 에리니나의 아파트에 침입했던 괴한들이 타고 왔던

승합차의 번호를 알아냈다.

문제의 승합차는 에리니나의 엄마를 납치하던 날 아파트에 머무는 주민과 주차 문제로 시비가 붙었었다.

실랑이를 벌였던 아파트 주민은 그 때문에 승합차 번호를 확실하게 기억하고 있었다.

모스크바의 코사크 타격대와 함께 움직일 상트페테르부르크에 머무는 2팀이 급하게 모스크바에 도착했다.

에리니나의 엄마의 생사가 달린 문제이기도 했지만 나를 노린 이번 사건을 그대로 둘 수는 없었다.

코사크의 다급한 움직임에 불안함을 느낀 말르노프의 샤샤가 나를 찾아왔다.

코사크 정보팀이 말르노프 조직을 조사했다는 것을 알게 된 것이다.

말르노프의 정보력도 상당한 수준이었다.

"저는 지금까지 회장님께 충성을 다해오고 있습니다. 앞으로도 그 마음은 변함이 없습니다."

샤샤는 나를 보자마자 고개를 숙이며 말했다.

"모스크바의 4대 그룹 중 하나가 나를 목표로 해 움직였다는 첩보가 들어왔다. 그 일환으로 조사를 한 것일 뿐이야."

"누가 감히 회장님을 노릴 수 있습니까?"

샤샤는 놀란 눈을 한 채 물었다.

"유력한 조직은 탐보프다. 탐보프 조직에 속한 인물이 사용하는 승합차가 내 회사 직원의 어머니를 납치했다. 놈들은 회사 직원을 위협해 나에게 위해를 가하려고 했어."

"탐보프라면 그러고도 남을 놈들입니다. 제가 탐보프를 치겠습니다."

샤샤에게 있어 탐보프는 눈엣가시 같은 존재였다.

"확실한 증거가 나오고 직원의 어머니를 구출하면 너에게 모든 걸 일임하지."

닭 잡는데 굳이 소 잡는 칼을 쓸 필요는 없었다. 그리고 블라디미르가 탐보프 조직과 연계했다면 그는 세상에서 가장 비참한 모습을 한 채 나락으로 떨어지게 할 것이다.

"회장님께서 만족스러운 모습을 보여 드리겠습니다."

내 말에 고개를 숙이며 말하는 샤샤의 입가에 옅은 미소가 피어올랐다.

샤샤가 돌아간 뒤에 탐보프 조직을 이끄는 마카로프가 나를 만나고 싶다는 말을 코사크를 통해 전해왔다.

마카로프는 코사크가 탐보프를 겨냥하고 있다는 소리를 전해 들었다. 그 소리는 일부러 마카로프에게 흘러가도록 지시한 것이었다.

코사크와의 대결은 자멸이나 마찬가지였다.

그 어떤 조직도 코사크와의 대결에서 살아남지 못했다.

마카로프는 경호원 없이 운전사만을 대동한 채 스베르를 찾았다.

"대단하군."

스베르와 룩오일NY 타운의 철통같은 보안 상태를 보면서 마카로프는 자신의 선택이 옳았다는 것을 확신했다.

"마카로프입니다. 만나 뵙게 되어 영광입니다."

마카로프는 나를 보자마자 깊숙이 고개를 숙이며 말했다. 마치 주종관계가 되는 것처럼 정중한 모습이었다.

"날 왜 보자고 했지?"

"중요한 정보를 가져왔습니다."

"어떤 정보?"

"블라디미르가 회장님에 대한 청부살인을 저에게 의뢰했습니다. 하지만 저는 단호하게 거절했습니다. 한데 블라디미르가 단독으로 움직이고 있습니다."

"그래서 에리나나의 어머니를 납치해서 날 죽이라고 사주한 것인가?"

"알고 계셨습니까?"

마카로프는 내 말에 놀라는 눈치였다.

"그녀의 어머니는 어디에 있지?"

"모스크바 외곽에 있는 주콥스키의 한 농가에 있습니다. 이게 그 주소입니다. 죄송합니다만 제 명령 없이 조직원 하나가 블라디미르에게 매수되어 움직였습니다."

마카로프는 호주머니에서 주소가 적힌 메모지를 재빨리 꺼내놓았다.

한편으로 탐보프 조직에 속한 승합차가 사용된 이유였다.

"나에게 알려주는 이유가 뭐지?"

"저흰 어떠한 이유에서도 회장님과 대립할 생각이 없습니다. 사소한 오해가 생길 여지가 있어서 이렇게 급하게 찾아뵌 것입니다."

"후후! 운이 좋군."

"……."

내 말이 무슨 뜻인지 알지 못하는 마카로프의 이마에서 땀방울이 흘러내렸다.

마카로프는 무척이나 긴장하고 있었다.

"좋아, 에리니나의 어머니를 무사히 구출하면 이번 일은 눈감아주지."

"감사합니다."

마카로프는 다시금 나에게 깊숙이 고개를 숙였다. 나에 대한 청부살인을 요청받은 것만으로도 마카로프는 위험해

처할 수 있었다.

러시아에서의 위험 요소는 사전에 제거한다는 나의 원칙에서 말이다.

Chapter 10

모스크바 외곽의 한 농가에는 다섯 명의 남자가 머물고 있었다.

그 옆에는 지친 기색의 중년 여자가 불안한 눈을 한 채 뜬눈으로 밤을 지새웠다.

손발이 묶여 있는 그녀는 에리니나의 엄마였다.

"자하르, 올렉, 이제 가서 땅을 파."

다섯 명 중 리더로 보이는 인물이 두 사람에게 명령하듯 말했다.

"후후! 불쌍한 엘레나, 오늘이 이 땅에서의 마지막 날이군. 하늘나라에 조금 일찍 가는 거라고 생각해. 너무 우릴 원망하지도 말라고."

자하르는 원망의 눈으로 자신을 쳐다보는 엘레나의 눈길을 외면하며 한쪽에 놓인 삽을 들었다.

밤늦게 농가에 도착했기 때문에 에리니아의 엄마인 엘레나를 곧바로 죽이지 않았다.

이들은 에리니아가 표도르 강을 죽이는 데 성공해도 엘레나를 살려둘 생각이 없었다.

자하르와 올렉이 농가의 문을 열고 나가는 순간이었다.

펑!

농가 안으로 무언가가 떨어지며 강력한 섬광과 엄청난 폭음이 퍼져 나갔다. 순간에 발생한 빛이 너무 밝아서 도저히 눈을 뜰 수 없게 만들었다.

동시에 귀청이 떨어져 나갈 것 같은 폭음에 엘레나는 고통스러워했다.

퍽! 퍽!

악! 헉!

고통이 줄어들 때쯤 농가 안에서는 짧은 비명이 연이어 들려왔다.

에리니나의 어머니 엘레나는 납치된 지 정확히 24시간

만에 안전하게 구출되었다.

코사크 정보팀과 러시아 연방방첩국(FSK)의 협조를 바탕으로 코사크 타격대의 구출작전은 성공리에 마쳤다.

현재의 러시아에서 이러한 이를 해낼 수 있는 집단이나 단체는 없었다.

마피아들의 득세와 경찰에 대한 정부지원이 제때 이루어지지 않게 되자 치안력의 부재가 심각해졌다. 이러한 상황은 러시아 경찰의 수사력과 정보력은 극도로 떨어지게 만들었다.

이에 반해 코사크 정보팀은 지속적으로 정보요원과 최첨단 장비를 늘렸고, 이러한 최신의 첨단 장비들을 이용한 정보 습득이 연방방첩국보다도 뛰어났다.

더욱이 코사크의 막강한 자금력을 바탕으로 정보 습득을 위한 자금을 부족함 없이 사용했다.

러시아 연방방첩국의 정보를 활용할 수 있는 것도 코사크의 큰 장점이었다.

지금도 코사크에 근무하는 KGB 출신과 그 후신인 연방방첩국 출신의 인물들을 통해서 FSK에 대한 영향력과 지배력을 확대해 나가고 있었다.

또한 연방방첩국의 핵심인물 대다수가 코사크를 통해서 자금 지원을 받고 있었다.

"막심 벨로프와 그의 아들 블라디미르가 소유한 기업들입니다."

비서실장인 루슬란이 건네준 보고서에는 막심과 블라디미르가 소유한 철강, 알루미늄, 은행, 유통회사들에 관한 재무상황과 매출 등 전반적인 모든 정보가 들어 있었다.

그중에서도 핵심기업은 아프토뱅크였다. 아프토뱅크는 러시아 마피아들의 검은돈을 세탁하여 크게 성장한 은행으로 지금도 러시아 전역으로 덩치를 키워 나가고 있었다.

"음! 아프토뱅크부터 시작해야겠지. 어리석은 선택이 얼마나 큰 후회로 돌아오는지 철저히 느낄 수 있게 말이야."

나는 책상에 놓인 수화기를 들었다. 내 전화를 받는 인물들은 말르노프를 이끄는 샤샤부터 라리오노프의 새로운 보스인 게오르기와 블라노브치, 그리고 나를 찾아왔던 탐보프의 마카로프였다.

그들에게 전한 메시지는 단 하나였다. 아프토뱅크와의 거래 중단이었다.

또한 이들 조직과 연계되거나 영향권 아래에 있는 조직들에게도 같은 명령이 하달되었다.

이것이 끝이 아니었다.

룩오일NY 산하에 있는 회사들과 연관된 기업들과 거래하는 회사들에게도 아프토뱅크와의 거래를 중단하기를 요청했다.

나의 지시는 즉각적으로 이행되었다.

모스크바를 비롯한 상트페테르부르크, 노보시비르스크, 니즈니노브고로드, 예카테린부르크 등 러시아의 주요 도시에 위치한 아프토뱅크의 지점들에서 뭉칫돈들이 인출되기 시작했다.

이틀 만에 인출된 자금은 무려 10억 루블(1억2천만 달러)에 달했다.

마피아들과 기업들에 의해 뱅크런(대량예금인출)이 벌어진 것이다.

*   *   *

"이게 도대체 어떻게 된 일이냐?"

프랑스에서 30살이나 어린 애인과 휴가를 보내고 돌아온 막심 벨로프는 지금 벌어지고 있는 일이 믿기지 않았다.

"이유를 말해주지 않았습니다. 다들 앞으로는 저희 은행과 거래를 할 수 없다고만 했습니다."

추운 날씨도 아닌데도 이마에서 흘러내리는 땀을 여신 닦아내는 예브게니는 아프토뱅크 모스크바 본점의 지점장이었다.

"그걸 말이라고 하는 거야? 이유가 있을 것 아냐?"

막심은 화가 머리끝까지 나 있었다. 아무 이유도 없이 수년간 거래하던 주요고객들이 아프토뱅크를 등질 이유가 없었다.

더구나 아프토뱅크와 거래하는 주요고객들은 일반적인 고객들이 아니었다.

"저도 그게……."

당황스러운 모습의 예브게니가 손수건으로 이마에서 흘러내리는 땀을 닦아내려는 순간이었다.

은행장실로 직원 하나가 다급하게 들어왔다.

"시민들이 몰려와 돈을 인출하고 있습니다. 그런데 더 이상 내줄 현금이 없습니다."

은행 직원의 말에 두 사람의 표정이 얼음장처럼 변해 버렸다.

이틀 동안 아프토뱅크의 큰손인 마피아와 기업들이 자금을 빼내가자 이번 일이 관련된 인물들에게 전해졌다.

더구나 아프토뱅크에 돈이 없다는 소문이 갑작스럽게 주요 지점이 있는 도시마다 돌기 시작했다.

은행에 저금한 예금을 돌려받지 못한 경험이 있던 러시아의 시민들이 이 소문에 아프토뱅크로 몰려든 것이다.

시민들은 자신이 맡긴 돈을 달라며 난동에 가까운 소동

을 벌였다.

아프토뱅크의 혼란은 경찰이 출동하고 난 후에야 가까스로 진정되었다.

문제는 이 일이 언론에 알려지자 다음날 더 많은 사람들이 아프토뱅크로 몰려들었다.

막심은 지금 벌어지고 있는 사태가 믿을 수가 없었다. 도움을 요청하기 위해서 친하게 알고 지낸 정치인과 정부 관계자들에게 만남을 요청했지만, 대다수의 인물들이 이유 같지 않은 이유를 달면서 거절했다.

그나마 만남을 가졌던 인물들도 도움을 줄 수 없다는 말뿐이었다.

아예 전화를 걸어도 받지 않는 인물들도 태반이었다.

'뭐가 문제지?'

막심의 앞에는 독한 보드카가 반병쯤 비어 있었다.

7년 동안 이뤄냈던 아프토뱅크가 단 4일 만에 문을 닫을 지경에 놓인 것이다.

"왜 중앙은행은 손을 놓고 있는 거야?"

막심의 말에 답을 해주는 사람은 없었다. 집에는 지금 그의 아들 블라디미르와 일을 봐주는 가정부, 그리고 자신을 경호하는 4명의 경호원 외에는 아무도 없었다.

집을 지키던 경호원과 블라디미르의 경호원들은 어떻게 된 일인지 아예 보이지가 않았다.

평소 집에는 14명 정도의 인원들이 머물렀었다.

블라디미르에게 물어봤지만 아무런 대답을 하지 않은 채 방에서 이유 없이 두문불출하고 있었다.

"뭔가 단단히 잘못됐어."

아무리 생각을 해봐도 이해할 수 없는 일이 벌어지고 있었다.

"혹시, 블라디미르가 뭔가를 저질렀나?"

불현듯 스치는 생각에 막심은 블라디미르가 있는 방으로 향했다.

블라디미르의 방은 평소와 달리 잠겨 있었다.

몸이 아프다는 핑계로 며칠 동안 회사도 나가지 않고 있는 것도 뭔가 이상했다.

"블라디미르! 블라디미르!"

두 번을 크게 불렀는데도 반응이 없었다.

"키릴! 이 방 열쇠 좀 가져와."

막심은 자신의 경호원에게 소리쳤다.

잠시 뒤 키릴이 열쇠를 가져오자 막심은 방문을 열고 들어갔다.

방 안에 들어서자마자 술 냄새가 진동했고 방 안 이곳저

곳에 술병들이 어지럽게 널려있었다.

"도대체 얼마나 처마신 거야?"

블라디미르는 바닥에 쓰러진 채 그대로 잠들어 있었다.

평소에는 집에서 이 정도로는 술을 마시지 않았다. 뭔가 일이 있는 게 분명했다.

"저놈을 깨워!"

키릴이 블라디미르를 크게 흔들었지만, 블라디미르는 꿈쩍을 하지 않았다.

"찬물을 끼얹어 버려."

막심에 말에 키릴은 화장실에서 찬물을 가져와 그대로 블라디미르의 얼굴에 부어버렸다.

"푸! 뭐냐?"

그제야 블라디미르는 반응을 보였다.

"내가 없는 사이 무슨 일이 있었는지 말해."

막심은 방 안에 있는 의자에 앉으며 말했다.

얼굴에서 흘러내리는 물을 닦으면서 힘겹게 일어나는 블라디미르는 막심의 모습이 심상치 않음을 느꼈다.

"아무 일도 없었습니다."

"아무 일도 없는 놈이 이 지경이 되도록 술을 마시고 있어? 뭔가를 저지르지 않고서야 이러지 않겠지. 다시 한 번 묻겠다. 내가 없는 동안 무슨 일을 저지른 거야?"

자신을 잡아먹을 듯 쳐다보는 막심의 모습에서 블라디미르는 지금 상황을 피할 수 없음을 감지했다.

　"그게… 제가 표도르 강을 제거하려고……."

　"잠깐, 방금 누구라고 했지?

　막심은 순간 자신의 귀를 의심했다.

　"표, 표도르 강을 죽이려고……."

　철썩!

　블라디미르는 말을 끝까지 잇지 못했다. 막심의 무지막지한 손이 그대로 블라디미르의 얼굴을 강타했기 때문이었다.

　"하하! 이 미친놈이 지금 무슨 말을 하는 거야? 뭐? 표도르 강을 죽이려고 했다고? 허허!"

　허탈한 웃음을 내뱉고 있는 막심은 지금 벌어지고 있는 상황들이 하나씩 이해가 되었다.

　"유리와 네 경호원은 왜 한 놈도 보이지 않는 거야?"

　블라디미르의 경호 책임자인 유리와 경호원들은 막심이 귀국한 이후부터 볼 수 없었다.

　"그게… 연락이 되지 않습니다."

　블라디미르는 겁먹은 표정이었다.

　"단어 하나 빼놓지 말고 네놈이 저지른 일을 모두 말해. 지금 네놈 때문에 모든 회사가 망해가고 있어!"

막심의 말에 블라디미르의 눈이 커졌다. 표도르 강이 자신을 죽이러 올까 두려워서 며칠 동안 술만 마셨었다.

하지만 지금 아버지인 막심의 말은 자신을 죽이는 것이 아니라 표도르 강은 회사를 죽이고 있었다.

"허! 그 말이 사실입니까?"

"그럼 내가 없는 소리를 지어냈겠어! 아프토뱅크에서 뱅크런이 일어나고 있단 말이야!"

막심은 화가 머리끝까지 솟구쳤다.

"후! 모두 제 잘못입니다. 제가……."

힘없이 고개를 떨군 블라디미르는 자신이 저질렀던 일을 말하기 시작했다.

*   *   *

막심 벨로프가 날 찾아왔다.

막심은 날 보자마자 내 앞에서 무릎을 꿇었다.

"한 번만 용서해주십시오."

"후후! 우습군. 내가 죽었다면 날 찾아왔을까?"

나는 싸늘한 말투로 그를 반겼다.

"아마 그렇지 못했을 것입니다. 아들놈이 저지른 일을 제가 알지 못했을 테니까요."

"솔직하군. 하지만 내 목숨을 노린 대가는 치러야 해."

"예, 알고 있습니다. 아들의 목숨만 살려주십시오. 그 대가로 시단코를 내어놓겠습니다."

시단코는 블라디미르가 인수를 추진하고 있는 정유회사였고, 인수가 거의 확정된 상황이었다.

"작은 회사 하나로 지금 사태를 무마하려고 하나? 난 블라디미르가 연관된 모든 것을 부숴 버릴 생각인데 말이야."

나의 말은 헛말이 아니었다. 막심과 블라디미르가 소유한 기업들은 현재 커다란 위기에 봉착해 있었다.

아프토뱅크는 물론이고 MMK철강회사와 알루미늄 생산업체인 루살 또한 거래처가 끊기는 사태가 벌어지고 있었다.

"아프토뱅크를 드리겠습니다. 이 회사는 저의 모든 것입니다. 그러니 이번 한 번만 용서해주십시오."

막심의 말처럼 아프토뱅크는 막심의 모든 것이라고 할 수 있었다.

나의 힘으로 인해서 뱅크런이 발생하고 러시아 중앙은행의 자금지원을 받지 못하고는 있지만, 아프토뱅크가 소유한 부동산과 자산은 러시아 은행들에서도 손꼽히는 은행이었다.

솔직히 막심이 아프토뱅크를 포기할 줄은 몰랐다.

"좋아, 아들의 목숨은 살려주지. 대신 블라디미르의 죗값은 어떻게든 치러야만 한다."

블라디미르를 용서하고 싶은 마음이 없었다. 하지만 막심이 제시한 조건은 내 마음을 움직일 만한 것이었다.

아프토뱅크를 얻는다는 것은 소빈뱅크를 러시아 제일의 은행으로 올려놓을 기회였다.

"블라디미르는 모든 일에서 손을 뗄 것입니다. 그리고 러시아에서 떠나보내겠습니다."

아들의 잘못을 결국 아버지가 대신 치르고 말았다. 블라디미르의 어리석은 선택과 오만은 막대한 대가를 치르고 말았다.

막심은 그 자리에서 아프토뱅크와 정유회사인 시단코를 넘긴다는 서류에 사인했다.

사인이 끝난 후 곧바로 러시아 중앙은행과 소빈뱅크에서 아프토뱅크에 대한 자금지원이 즉각적으로 이루어졌다.

아프토뱅크에 20억 루블의 자금이 공급되자 뱅크런은 잦아들었고, 기존 기업고객들과의 거래도 다시금 재개되었다.

아프토뱅크가 안정을 찾아갈 때쯤 블라디미르는 쓸쓸히 영국행 비행기에 올랐다.

언제 다시 러시아로 돌아올 줄 모르는 유배와 같은 유학 길이었다.

아프토뱅크와 정유회사인 시단코를 인수대금으로 막심 벨로프에게 건넨 것은 고작 미화로 10만 달러였다.

아프토뱅크는 러시아에서 다섯 번째 규모의 은행이었다. 뱅크런 사태가 완전히 진정되자마자 아프토뱅크에 대한 실사가 진행되었다.

러시아의 주요 도시마다 지점이 있는 아프토뱅크는 은행이 소유한 부동산이 많았다. 또한 대출을 통해서 인수를 추진 중인 회사들도 있었다.

주로 광물을 채굴하는 광산회사들이었다.

광산회사들이 가지고 있는 광산들만으로도 대출금을 충분히 충당하고도 남았다.

러시아의 경제 상황이 좋지 않자 시중에 유통되는 자금 흐름이 원활하지 못해서 파산하는 우량회사들이 많았다.

아프토뱅크와 거래하던 회사들도 대부분 우량회사였기에 그런 회사들이 담보물들이 고스란히 아프토뱅크 소유로 들어왔다.

"저희가 생각했던 것보다 숨겨진 자산이 상당했습니다. 모스크바를 비롯한 주요 도시의 중심지마다 아프토뱅크 소유의 건물들이 자리 잡고 있었습니다."

실사팀을 맡고 있는 소빈뱅크의 이바노바 실장의 말이었다.

　"라두가자동차와 도시락판매점이 그 건물들을 활용할 수 있게 조치하는 것이 좋을 것 같습니다."

　라두가자동차는 중고 자동차뿐만 아니라 유럽의 고급자동차들을 수입 판매하는 담당 파트가 새로 신설되었다.

　유럽의 자동차 업체들은 러시아에 직접 진출에 대한 위험 요소를 줄이기 위해서 라두가자동차를 통해서 간접적인 진출을 모색했다.

　초기 모스크바에 매장을 마련했던 프랑스의 푸조는 마피아의 충돌로 인해 2개의 자동차 판매장이 쑥대밭이 되는 일이 있었다. BMW 또한 모스크바로 35대의 고급승용차를 운반하던 도중 감쪽같이 사라지는 사건이 발생했다.

　이러한 일련의 사태로 인해서 러시아에 자동차 판매장 설치를 보류하는 회사들이 늘어났다.

　더구나 직원들의 안전까지 위협받는 러시아 현지 상황도 직접 진출을 막아서는 이유 중의 하나였다.

　한마디로 위험비용이 큰 폭으로 증가한 것이다.

　"예, 두 회사와 협의를 진행하겠습니다."

　옆에서 이야기를 듣고 있는 루슬란 비서실장의 말이었다.

"소빈뱅크와 중복된 지점들은 얼마나 됩니까?"

"모스크바와 상트페테르부르크만이 중복된 지점들이 있습니다. 나머지는 소빈뱅크가 진출하려는 도시들이라 소빈뱅크가 그대로 아프토뱅크 지점들을 이용할 수 있습니다."

"좋습니다. 중복된 지역의 지점들은 통합하시고 소빈뱅크에 필요한 인력들만을 선별하시길 바랍니다. 과도한 인력을 가지고 갈 수는 없습니다."

처음 소빈뱅크도 그랬지만 아프토뱅크에도 불필요한 인력들이 많았다.

저렴한 러시아의 임금 형태가 이러한 형태를 유지하게 하였다. 하지만 소빈뱅크는 적은 인원으로도 효율적으로 운영되고 있었고, 그 대가로 러시아의 어떤 은행보다도 많은 임금과 복지혜택을 줬다.

이러한 혜택으로 소빈뱅크의 직원들은 맡겨진 일에 최선을 다했고 좋은 결과물들을 내어놓고 있었다.

또한 유연하지 못한 러시아식 사고를 바꾸기 위해서 교육에도 상당한 투자가 이루어지고 있다.

"예, 곧바로 직무능력과 개별성향 파악에 들어갈 예정입니다."

유럽과 미국 등의 자료를 바탕으로 룩오일과 소빈뱅크가 합동으로 러시아에 적합하게 개발한 직원 평가시스템을 통해서 직원들을 체계적이고 공정하게 평가했다.

"시단코는 어떻습니까?"

"낡은 설비들을 정비한 후 시설투자가 이루어지면 적지 않은 수익을 올릴 수 있을 것 같습니다. 현재 시단코는 경유, 등유, 아스팔트, 일반적인 휘발유를 생산하고 있습니다. 하지만 고급 휘발유와 항공유, LPG(액화석유가스)는 생산하지 못합니다."

비서실장인 루슬란의 말이었다.

경유는 자동차용 연료였고, 등유는 난방기기나 가정용 보일러 연료로 러시아에서 많이 사용하고 있었다.

시단코는 연비를 향상시키고 배기가스를 개선하는 고급 휘발유나 항공유는 생산하지 못했다.

하지만 고무적인 것은 시단코가 아스팔트를 생산하고 있다는 점이었다.

러시아에서 아스팔트가 필요로 하는 곳은 많았지만, 생산량이 늘 부족했다. 닉스E&C가 앞으로 진행해야 할 수많은 공사에는 도로공사도 포함되어 있었다.

유가가 조금씩 상승하면서 러시아의 건설경기도 살아나고 있었기 때문에 닉스E&C의 모스크바 지사도 바빠졌다.

정유회사인 시단코는 그동안 예산 부족으로 시설투자가 이루어지지 않아 효율이 떨어졌지만, 러시아에 많지 않은 정유회사 중에서도 건실한 축에 들어갔다.

시단코는 자체적인 석유비축기지와 함께 유정도 가지고 있었다.

"정확한 실사가 끝나는 시점에 투자계획을 세워보도록 하십시오. 오늘은 여기까지 합시다."

"예, 알겠습니다."

회의에 참석한 인물들이 자리에서 일어나는 나를 향해 고개를 숙였다.

러시아의 직원들 모두가 나를 존경했고 내 말에 어떤 일이라도 믿고 따를 준비가 되어 있었다.

룩오일NY는 이번 두 회사의 인수로 인해서 더욱 단단하고 확고한 위치에 올라섰다.

외부에 드러나지 않게 조심스럽게 움직였지만, 덩치가 커지는 룩오일NY의 행보는 눈에 띌 수밖에 없었다.

* * *

룩오일NY 타운에 새롭게 들어선 공원에서 이른 아침부터 조깅을 하는 내 옆에 김만철이 함께 뛰었다.

1만2천 평의 부지 위에 들어선 공원은 러시아 정부와 모스크바 시가 부지를 제공하고 룩오일과 소빈뱅크가 공사비를 지원해 올 초에 개장했다.

구소련의 쿠데타로 파괴된 건물들과 기존 공원을 확장한 형태였다.

소빈공원으로 명명된 이곳은 룩오일NY 산하의 임직원들이 머물게 되는 고급 맨션과도 접해 있었다.

직원들의 주거지에 포함되어 있는 3천7백 평의 공원은 일반 시민들이 들어갈 수 없게 되어 있었다.

내가 운동하는 앞쪽과 뒤로도 다섯 명씩 열 명의 경호원이 함께 뛰었다. 공원 사이사이에도 코사크의 경비원들이 2명씩 짝을 지어서 경계를 섰다.

내가 운동을 하는 아침은 일반인들이 출입할 수 없는 시간이었다.

나는 일국의 대통령이나 수상의 경호 수준에 해당하는 경호를 매일 받고 있었다.

"곧바로 한국에 들어가실 것입니까?"

"우선 신의주를 방문해서 사업진행 상황을 확인해야 할 것 같습니다."

"이거 언제까지 집 밖을 맴돌고 있어야 하는지……."

김만철은 하루라도 빨리 부인과 딸이 있는 서울로 돌아가고 싶어 했다.

가족을 만난 후로 바뀐 모습이었다.

"그럼, 김 부장님 먼저 가시지 그러세요?"

"제가 회장님을 두고 어디 가겠습니까. 그냥 그렇단 말이죠."

"걱정하지 마시고 가세요. 정 차장도 있는데 어떻습니까?"

"회장님 옆에 없으면 제가 불안해서 갈 수 없습니다."

"저를 보호하시는 것이 목적이 아니라 본인이 불안해서 못 가신다는 말입니까?"

"뭐, 반반이죠."

김만철은 내 물음에 솔직하게 말했다. 우리 둘은 서로를 위해 목숨을 내던진 적이 한두 번이 아니었다.

그렇게 지내온 시간 때문인지 서로가 눈앞에 있어야 안심이 되었다.

"하하하! 그럼 제가 오히려 김 부장님을 보호하는 거나 마찬가지네요."

"하하하! 그래서 제가 회장님을 좋아하는 것 아닙니까. 월급도 받고 보호도 받으니까요."

김만철은 능청스럽게 말을 했다. 그가 이렇게까지 여유로운 반응을 보이게 된 것도 가족들과의 만남이 컸다.

가족은 나나 김만철에게도 안식을 주고 여유를 가져다주는 원천이었다.

공원을 두 바퀴를 돌고 나서 스베르로 향했다. 공사가 끝나는 내년 봄이면 룩오일NY 맨션을 이용할 수 있을 것이다.

모스크바에서도 룩오일NY 맨션은 화제였다.

분양을 위해서 지어지는 고급 맨션이 아닌 회사직원들의 거주목적을 위해 지어지기 때문이었다.

생활에 필요한 온갖 편의시설과 거주민의 안전을 제공하는 룩오일NY 맨션은 러시아의 신흥재벌과 고위관료들도 들어가고 싶어 했다.

그 때문에 룩오일NY 맨션에 대한 분양을 묻는 전화가 계속해서 걸려오고 있었다.

룩오일NY 맨션은 눈에 보이는 보상이자 직원들의 사기를 올릴 수 있는 장치이기도 했다.

룩오일NY 그룹에 속한 회사들에서 일하는 직원들 중 회사에서 인정하는 조건에 부합하는 사람만이 들어갈 수 있었다.

지위와 지급을 떠나서 회사가 인정할 수 있는 조건과 성과를 내면 누구나 기회를 맞이할 수 있었다.

또 하나는 나에게 인정받는 것이었다.

그 예가 말르노프 조직을 이끄는 샤샤였다. 샤샤는 가족들의 안전을 원했다.

부하들에게 가족들의 안전을 맡기고 있지만, 마피아의
세계는 누구를 쉽게 믿고 의지할 수 없게 만들었다.

마피아의 세계는 늘 배신과 음모가 판치고 있었다. 나 또
한 그걸 이용해 모스크바의 마피아들을 굴복시켰다.

러시아에서는 교육과 의료혜택 또한 원활하게 받길 원했
지만, 그중에서도 가장 원하는 것은 안전이었다.

안전한 생활은 일반 시민이나 부와 권력을 잡은 자들이
나 동일하게 바라는 것이었다. 부자나 권력자도 자신의 안
전은 책임질 수 있었지만, 가족들까지는 힘에 부쳤다.

그걸 해결한 것이 코사크와 룩오릴NY 맨션이었다.

고급 맨션 단지 안에는 유치부와 초등학생을 가르치는
학교를 짓고 있었고, 소빈공원 내에는 중고등학생까지 가
르칠 수 있는 국제학교가 들어설 예정이다.

또한 맨션 단지에 거주하는 주민들의 쇼핑과 문화생활을
즐길 수 있는 복합문화홀도 지어지고 있었다.

아름답게 지어지고 있는 복합문화홀은 세계적인 건축가
이자 하이테크 건축의 대가로 불리는 렌조 피아노가 설계
해서 지어지고 있었다.

렌조 피아노는 사용자의 편안함과 요구를 수용하면서 기
술적인 형태를 추구하여 자신만의 건축철학과 섬세함으로
세계적인 건축물을 만들어낸 인물이다.

고급 맨션 단지의 형성은 회사에서 발생하는 이익을 직원들에게 돌려주는 일환이었고 새로운 직장을 창출해 내는 목적도 있었다.

이것은 또한 내가 러시아에서 누리고 있는 혜택과 이익을 나누기 위한 차원이었다.

러시아에서의 펼쳐지고 있는 사업들은 점점 더 확대되어 가고 있었다.

룩오일NY와 닉스홀딩스의 연계 아래에서 러시아는 에너지와 금융을 한국은 전자와 생활용품, 패션 그리고 건설을 담당하는 축이 각각 움직이고 있었다.

제주도와 신의주의 호텔사업과 관광사업이 본 궤도에 오르면 러시아와 동유럽에도 호텔사업이 진출할 예정이다.

Chapter 11

　신의주 특별행정구는 방문할 때마다 모든 것이 달라지고 있었다.

　높게 올라가는 건물들과 정돈되어 가는 행정구역 내의 공장들은 이제 내년이면 힘차게 돌아갈 것이다.

　특별행정구와 연계되어 있는 신의주시 또한 달라진 풍경을 볼 수 있었다.

　도로가 정비되었고 전에 볼 수 없던 상점들도 대거 등장했다.

　중심가 거리에는 사람들이 넘쳐났고 다들 활기찬 모습들

이었다. 차 안에서 보이는 사람들마다 무언가 할 수 있다는 자신감이 엿보였고 웃음들이 많아졌다.

신의주시 또한 많은 건물이 새롭게 지어지고 있었다.

"거리가 활기차서 좋습니다."

"예, 장관님의 지시하신 대로 특별행정구에서 얻어가는 이익으로 신의주시가 지속해서 투자하고 있습니다. 그러다 보니 외부에서 계속 인력들이 공급되고 그에 따른 물자도 풍부해졌습니다. 놀랍게도 신의주시가 작년 하반기부터 평양 다음으로 성장률이 높은 도시가 되었습니다."

북한의 대부분 투자는 평양에 집중되었고 가장 우선시되었다.

고무적인 것은 북한 당국의 지원보다는 특별행정구와 신의주시 자체적인 생산활동을 통해서 경제성장률이 급속하게 올라간 것이다.

북한 당국은 이 점을 높게 평가해서 신의주시가 보다 독립적으로 운영되도록 하고 있었다.

신의주시가 앞으로 북한이 나아갈 롤모델이 된 것이다.

"본격적으로 특별행정구가 가동되면 신의주는 폭발적인 성장세를 보일 것입니다. 제 예측이 틀리지 않는다면 북한에서 평양 다음으로 큰 도시가 될 거고요."

남한의 제2 도시가 부산인 것처럼 신의주가 북한에서는

그 역할을 담당할 것이다.

북한 관리들조차 가기를 꺼리던 변방의 신의주는 중국의 상하이처럼 천지개벽을 준비 중이었다.

그 핵심에 닉스홀딩스와 룩오일NY가 자리를 잡고 있었다.

신의주 특별행정구는 상하이의 푸둥지구처럼 쉴 새 없이 공사 차량들이 오고 갔다.

새롭게 지어지는 공장과 건물들도 곳곳에 늘어나고 있었다.

시베리아 파이프라인 공사에 맞추어져 시작된 닉스정유공장 건설이 황금평에서 착공되어 진행되고 있었다.

여의도 면적의 1.5배에 달하는 황금평도 신의주 특별행정구에 포함되었다.

작년부터 진행된 수해방지 공사가 끝이 나고 북한 쪽과 연결된 다리 공사까지 올 초에 마무리된 상황이었다.

황금평은 평안북도 용천군에 속하며 본래 이름은 황초평으로 신의주 최대의 곡창 지대다.

갈대와 잡초만 무성한 곳이라 하여 황초령이라고 하였다.

면적은 11.45㎢, 둘레 20㎞, 길이 6.7㎞, 최고 해발고도 5m

이며 단동 신의주 압록강 철교에서 우측 하류 쪽으로 15㎞ 지점에 자리하고 있다.

압록강 가장 하류의 섬인 신도, 장도, 말도, 무명초, 마안 마 등 다섯 개 섬이 제방을 쌓고 하나의 큰 섬을 만들었다. 평안북도 용천군에서 떨어져 나와 신도군으로 독립하면서 행정 구역상 신도군에 편입이 되었다.

하나가 된 다섯 개의 섬이 비단섬인 황초평은 황금평으로 김일성이 당시 직접 작명한 이름이다.

황금평은 압록강 상류의 모래흙(사토 沙土)이 수천 년간 밀려와 퇴적되면서 한반도를 등지고 중구 대륙에 붙어버렸다.

1962년 북중국경조약에서 압록강 하류의 모든 섬은 북한 영토로 한다는 김일성과 모택동이 합의한 결과로 중국에 붙어 있지만, 법적으로는 북한 측 영토였다.

압록강 하구에 자리 잡고 있고 중국과 연결된 지리적인 조건 때문에 정유공장이 들어서기에는 최적의 장소였다.

닉스정유공장은 룩오일NY와 닉스홀딩스가 5 대 5로 11억 2천만 달러가 투입되며 원유 정제능력은 하루 33만 배럴이다.

이곳에서 생산하게 될 경유 제품은 세계 최고 수준의 품질로 차량 이외에도 건설 중장비, 발전기, 산업용 보일러,

터빈, 선박용 경우 등의 다양한 장비에 사용되며 이러한 용도에 맞도록 우수한 착화성과 출력을 보유할 것이다.

등유 제품도 고도의 정제 과정을 커져 고순도, 친환경 제품으로 연소 시 유해가스 발생량을 줄여서 눈 매움 현상과 냄새를 줄일 것이다.

휘발유 또한 기술이전과 자체개발을 통해서 고순도 엔진 청정 기능 첨가제를 사용할 예정이다. 이를 통해 엔진 주요 장치를 보호하며 유해 배출 물질을 획기적으로 줄여 세계 최고 수준의 친환경 고품질 휘발유를 생산할 예정이며, 국내보다는 중국과 러시아에 수출할 계획이다.

3년 5개월간의 공사로 임시 개통된 다리는 지역 이름을 따서 황금평대교로 명명되었다.

신의주 특별행정구가 진행되기 전부터 북한에서 기초공사와 하구정비를 해놓았기 때문에 예정보다 공사를 앞당길 수 있었다.

현재 마무리 점검이 진행되고 있었다.

"정식 준공식은 이번 달 말에 있을 예정입니다."

황금평대교는 총공사비 2,875억 원이 투입되었고, 연인원 110만 명과 장비 18만 대, 철근 6만 톤, 시멘트 15만 톤 등이 동원된 초대형 교량이다.

왕복 6차선 규모에 도로 폭은 32m로 내진 설계가 들어간

북한 최초의 교량이었다.

공사비의 절반은 신의주 특별행정구에서 나머지는 북한 당국이 담당했다.

원래 황금평에는 북한 주민 천여 명이 벼농사를 짓고 있었다. 황금평은 퇴적된 모래흙으로 인해서 작물이 잘 자랐다.

"수해에 대한 대비는 충분히 해놓으셨습니까?"

황금평의 최대 높이는 5m였다. 압록강 하구에 자리 잡고 있어서 홍수가 발생하면 황금평 전체가 잠기는 경우가 종종 있었다.

"예, 특별행정구 산하에 홍수통제소를 신설했습니다. 그에 따른 예산과 인원도 배정한 상태입니다. 더불어서 압록강의 홍수량의 소통능력에 대한 평가를 통해서 평상시 유수가 흘러가는 저수로와 홍수 시 유량이 증가하였을 때 초과하는 강턱에 대한 정비를 모두 끝냈습니다. 또한 제방의 높이를 기존보다도 5m 더 높여……."

홍수에 대비한 제방과 함께 압록강 하구에 대한 준설작업을 통해 압록강 하구에 대한 정비작업을 끝마쳤다.

특별행정구 산하에 기상특보를 담당하는 팀과 황금평에 배수펌프장까지 마련했다.

홍수방재에 아낌없이 투자한 이유는 이곳에 들어설 닉스

정유공장을 세계적인 정유공장으로 성장시켜 나갈 예정이기 때문이다.

"지속적인 관리가 중요합니다. 자칫 홍수로 인해서 계획했던 모든 것이 물거품이 될 수 있습니다."

"예. 중장기적인 치수계획을 세우고 전문인력을 계속 보강할 예정입니다."

"홍수방재에는 예산을 아끼지 마십시오."

"예, 그렇게 하겠습니다."

이태원 국장은 내가 말한 모든 것을 메모했다.

황금평에는 별도의 개발청사가 지어지고 있었다. 황금평 개발청사를 중심으로 해서 이곳에서 근무할 직원들의 숙소와 병원, 소방서, 치안센터가 지어지고 있었다.

황금평에는 닉스정유공장뿐만 아니라 복합화학단지, 원유비축기지, 자원개발센터 그리고 종합기술연구소가 들어설 예정이다.

러시아에서 들어오는 원유와 천연가스를 이곳 닉스정유공장에서 원유 정제를 통해 분리할 것이다.

원유는 크게 LPG, 나프타, 등유, 경유, 중유, 아스팔트로 나뉘는데 각각 탄소의 개수와 분자량이 다르다.

LPG는 가볍고 탄소수가 적은 반면, 아스팔트는 무겁고 탄소수가 많다. 그에 따라서 끓는점이 다른 원리를 이용하여 분별증류를 하여 분리한다.

위로 갈수록 온도가 낮아지는 증류탑에서 밑부분은 끓는점이 높고 무거운 아스팔트가, 윗부분은 끓는점이 낮고 가벼운 LPG, 나프타가 나온다.

"닉스케미칼은 언제쯤 공사가 진행될 예정입니까?"

닉스정유공장이 들어설 자리에는 수많은 건설장비들이 움직이는 모습을 보며 김동진 비서실장에게 물었다.

종합화학 회사인 닉스케미칼의 설립은 원유의 채굴과 수송으로 이어져 정유와 석유화학으로 이어지는 수직계열화를 이루기 위한 작업이었다.

국내는 물론 세계에서도 유례가 없는 수직계열화를 통해서 놀라운 가격 경쟁력을 확보할 수 있어 세계의 어느 회사보다 우위를 점할 수 있게 된다.

또한 유가변동에도 다른 석유화학 회사에 비해 큰 영향을 받지 않는다.

"설계가 7월쯤에 나올 것 같습니다. 늦어도 9월에는 공사를 진행할 예정입니다."

"순차적인 진행에 무리가 없도록 해야 합니다. 국내의 여론에도 신경을 쓰시고요."

남북관계가 그 어느 때보다도 우호적인 관계가 이루어지

고는 있었지만, 정유공장과 석유화학공장이 북한에 설립된다는 것에 대해 우려를 하는 여론이 있었다.

정유와 석유화학은 곧바로 군사적으로 이용될 수 있었기 때문이다.

김평일이 북한에 큰 변화를 이끌고는 있었지만 아직은 남북이 휴전선을 두고 대치하고 있는 상황이었다.

"예, 여론의 동향을 살피면서 정부관계자들에게 협조를 부탁하고 있습니다."

"이곳에 세워지는 정유공장과 석유화학공장은 우리만을 위한 것이 아닙니다. 남북한 모두에게 큰 힘이 될 수 있는 산업시설입니다."

황금평에 세워지는 석유화학단지와 정유공장은 앞으로 중국과 러시아를 겨냥한 포석이었다.

러시아의 에너지자원을 이용하여 2차, 3차의 원료제품을 중국과 러시아에 다시금 판매할 계획이었다.

"정부관계자들이 회장님의 미래에 대한 식견과 안목을 따라오지 못하는 것이 안타까울 뿐입니다."

비서실장인 김동진은 나와 함께 하는 시간이 많아질수록 점점 더 나에 대한 존경심이 높아졌다.

"두려움 때문입니다. 미래에 대한 불확실함과 두려움에 더 큰 비중을 두고 있어서 그렇습니다. 자, 석유화학단지가 들어서는 곳으로 가보죠."

석유화학단지가 들어설 자리는 황금평의 서쪽이었다.

"이쪽이 기초 유분을 생산하는 공장이 들어설 예정입니
다."

닉스케미컬 공장을 설계를 담당하는 닉스E&C의 플랜트
사업부 이종걸 실장의 말이었다.

정유공장에서 분리된 나프타, 납사라고도 불리는 탄소
덩어리를 닉스석유화학으로 가져오는 것으로 석유화학제
품의 실질적인 생성이 시작된다.

나프타는 탄화수소에서 탄소의 개수로 구별이 되며, C가
5개에서 12개까지 있는 탄화수소를 일컫는 단어다.

나프타분해설비(NCC naphtha cracking center) 공정을 통
해 나프타를 수증기와 함께 900℃로 가열하면 혼합물이 뜨
거운 관에서 다수의 탄화수소로 쪼개지고, 열분해된 탄화
수소들은 다시 작은 분자로 합쳐진다. 그리고 급랭공정과
압축공정으로 온도를 낮추고 압력을 높여준다.

냉동공정을 통해 응축물을 분리한 후 분리정제를 통해
에틸렌, 프로필렌, 부타디엔, 벤젠, 톨루엔 등과 같은 기초
유분을 분리·생산한다.

"이곳에 연산 에틸렌 27만 톤과 프로필렌 16만 톤, 부타
디엔 7만5000톤, 라피네이트 8만7000톤, 벤젠 12만5000톤

을 생산할 예정입니다. 해외와 국내 시장의 수요에 따라 신규 설비 증설을 진행할 것입니다."

석유화학 회사에서 나오는 나프타분해설비(NCC)의 기초 유분을 합성하여 생성되는 결과물은 크게 네 가지로 나눌 수 있다.

우리가 흔히 플라스틱이라고 부르는 폴리에틸렌(PE)과 폴리프로필렌(PP) 등을 아우르는 합성수지, 그리고 섬유의 재료로 쓰이는 합섬원료, 고무의 원료가 되는 합성고무, 그리고 기타 의약품과 화장품, 세제 등으로 분류되는 기타 화학제품으로 나누어진다.

이렇게 석유화학 회사에서 만들어진 합성수지와 합섬원료, 합성고무들은 해당 가공업체에 전달되어 우리가 시장에서 볼 수 있는 플라스틱과 옷가지, 고무, 그리고 화장품과 의약품으로 만들어진다.

"오른편 부지에는 수지제품공장이 왼편에는 화성제품공장이 들어설 예정입니다. 뒤로는 기초 유분제품을 생산하는 공장이 세워질 것입니다."

수지제품에는 PE(헬멧), PP(클리어 파일), PET(음료수병, 물병) PC(볼펜), EVA(신발) 등이 포함되며 화성제품에는 EG(의류), SM(노트북), PTA(이어폰 줄), PIA(욕조)가 들어간다. 기초 유분제품 군에는 BD(타이어), BZ(화장품), TL(살충

제) 등이다.

닉스케미컬은 기초원료생산에서 중간제품 생산을 총망라하는 세계적인 석유화학 회사로 성장해 나갈 것이다.

그 바탕에는 시베리아 파이프라인을 통해 원유와 천연가스를 직접 공급받을 수 있는 여건에 있었다.

닉스케미컬과 닉스정유공장 설립에는 총 20억 달러가 투자되는 대규모 사업이었다.

산업사회에서는 경제를 발전시키려면 소위 기간산업으로 일컫는 철강, 에너지, 화학, 전기산업이 있어야 한다.

한국 화학업체들의 특징 중 하나는, 범용화학제품이 중심이라는 점이다.

현재 한국의 석유화학산업은 대규모 증설 작업이 진행되고 있었다. 하지만 1997년 IMF가 들이닥치면 국내 석유화학산업은 구조조정을 통해서 업계가 재편될 것이다.

또한 범용화학제품군은 중국의 기술습득으로 인해 수익성이 떨어지는 시기가 온다.

이를 대비하기 위해서 닉스케미컬은 첨단연구소를 통해서 스페셜티 화학제품을 위한 연구개발에 착수할 것이다.

스페셜티제품이란, 반도체나 LCD 같은 고부가가치 IT제품에 들어가는 화학 재료를 의미한다.

스페셜티제품의 생산은 기술적 진입 장벽이 높기 때문에

범용제품보다 고수익을 올릴 수 있고, 고안정성이라는 특징을 가지고 있다.

이러한 계획은 첨단기술의 발전을 이루어가는 시기에 따른 전략으로 내 머릿속에 모두 들어 있었다.

닉스홀딩스는 룩오일NY와의 에너지사업 연대를 통해서 정유산업과 석유화학 분야에서 우뚝 설 수 있는 기반을 마련할 것이다.

황금평의 정유와 석유화학 공장들, 그리고 신의주 특별행정구에 지어지고 있는 반도체공장과 신발공장이 완성되어 가동되는 시기가 되면 닉스홀딩스는 단숨에 재계순위 20위 안으로 진입할 것이다.

모처럼 신의주 특별행정청 직원들과 회식을 했다.

어느새 89명으로 늘어난 직원들은 정신없이 각자가 맡은 업무에 매달렸다.

직원들 외에도 하부적인 일을 처리하는 북한인들이 290명이었다.

신의주 특별행정구가 점차 본래의 모습으로 갖추어갈수록 특별행정청의 직원들은 더 바빠졌다.

새로운 부서와 조직이 2달에 한 번꼴로 만들어지고 있었다.

현재 안정행정국, 기획경제국, 도시환경국, 교통건설국, 보건국, 재난관리국 등이 만들어졌다.

그 밑으로 세부적인 행정부서들이 들어가 있었다.

"여러분의 노고가 서서히 빛을 발하고 있습니다. 앞으로도 더욱 힘을 내주십시오. 그동안 노고가 다 풀리지는 않겠지만, 오늘은 실컷 즐기시기 바랍니다. 더불어서 이번 달에는 특별보너스도 지급할 예정입니다."

"와, 장관님 최고!"

"감사합니다."

내 말이 끝나자마자 환호성과 박수 소리가 들려왔다.

신의주 특별행정청에 근무하는 직원들은 대기업 수준의 급료와 복지혜택을 받고 있었다.

가장 큰 혜택은 직원들에게 최신시설의 1인실 기숙사가 제공되었고, 기혼자나 결혼을 하게 되면 무상으로 아파트를 제공했다.

물론 이곳 신의주 특별행정구 내에 지어진 아파트였다.

회식 자리에 호텔 뷔페식으로 차려진 음식들은 평소에 직원들이 먹지 못했던 요리들이었다.

"다들 좋아하니 다행이네요. 국장님께서 직원들이 부족한 점 없이 근무할 수 있도록 더욱 힘써주십시오."

기업의 운영 때문에 신의주를 자주 찾지 못하는 나를 대신에 신의주 특별행정청을 맡고 있는 이태원 국장은 올해 중순에 행정청장으로 직급을 올릴 예정이다.

"예, 그렇겠습니다. 이번에 직원들이 이용할 수 있는 체육센터가 완공되어서 직원들의 사기가 높아졌습니다. 북한 당국과 신의주시도 특별행정청에 적극적으로 협조해 주어서 직원들의 스트레스가 많이 줄었습니다."

초장기 아무것도 없는 벌판에서 간이건물로 시작한 신의주 특별행정청은 이젠 번듯한 10층 건물을 갖추었다.

그 옆으로 세워진 체육센터에는 헬스장과 수영장, 농구장 등 직원들이 운동할 수 있는 시설을 갖추었다.

또한 축구장과 야구장도 6월 말에 오픈할 예정이다.

"다행입니다. 타지에서 고생들 하는데 물심양면으로 지원해 주어야지요."

그때였다.

"장관님 제가 술 한잔 따라 드려도 괜찮겠습니까?"

이전에 내가 면접을 보았던 이홍구라는 인물이었다. 특별행정청에서는 교통건설 분야를 담당하고 있었다.

이홍구는 승용차는 물론이고 지게차나 각종 트럭, 포클레인 등, 도로를 주행할 수 있는 모든 차종에 대한 자격증을 모두 갖고 있었다.

그 때문에 그는 신호체계와도로 설계를 담당했다.

"물론입니다. 그동안 잘 지내고 계셨습니까?"

"예, 지원을 잘 해주셔서 부족한 것은 없습니다. 한데 일이 바빠서 연애도 못 하고 있습니다. 장관님께서 좋은 사람 좀 소개해 주십시오."

북한의 대동강 맥주를 따라주며 말하는 이홍구의 표정은 진지했다.

이홍구의 말에 그가 면접에서 신의주 특별행정구를 지원하게 된 동기를 말한 것이 생각났다.

가족이 없는 이홍구는 북한 여자를 만나고 싶어 했고, 이곳에 정착하기를 원했다.

이홍구뿐만 아니라 근무하고 있는 십여 명의 남자 직원들도 북한 출신의 여자와 결혼하고 싶다는 말을 했었다.

"하하하! 제게 중매를 부탁하시는 것입니까?"

"예, 이러다가 노총각 신세를 면치 못할 것 같습니다."

올해 이홍구의 나이는 36살이었다. 그가 말한 것처럼 일이 많기는 많았다.

쉬는 주말에도 밀린 일 때문에 출근하는 직원들이 적지 않았다.

인력 충원은 계속되고 있었지만, 특별행정구에 새롭게 입주하는 기업들이 늘어나고 있어서 일이 좀처럼 줄지 않았다.

"음, 알겠습니다. 제가 행정청에 근무하는 노총각 직원들을 위해서 단체 미팅을 주선해 보겠습니다."

"약속하셨습니다."

"예, 제가 남쪽으로 내려가기 전에 추진하도록 하겠습니다. 자, 한잔 받으십시오."

"하하하! 감사합니다."

이홍구는 만족스러운 표정으로 밝게 웃었다.

행정청 직원들이 신의주 특별행정구에 정착해 살아갈 수 있는 환경을 만들어주는 것이 여러모로 특별행정구에도 도움이 컸다.

Chapter 12

　대산에너지는 분주했다.

　러시아 자원탐사지구의 1차 탐사에 적잖은 돈을 쓰고도 이렇다 할 성과를 내지 못하자 그룹 내에서 좋지 않은 소문이 돌았다. 박명준 사장이 이중호의 월권으로 인해 생긴 마찰로 회사를 그만두었다는 소문이었다.

　그 소문을 불식시키기 위해, 또한 어떻게든 성과를 내기 위해 이중호를 비롯한 핵심부서들의 직원들은 연일 강도 높은 야근의 연속이었다.

　"후! 이번에는 성과가 나와야 할 거야."

대산에너지의 자금을 담당하는 최영수 전무가 한숨을 내쉬며 말했다. 그 또한 이중호와 막역하게 지내온 인물로 대산유통에서 근무했었다.

"위에서 말들이 많습니까?"

"잘 알고 있겠지만 우리 쪽에서 그룹의 여유 자금을 상당 부분 가져왔잖아. 그룹 내에 자금을 여유롭게 쓰고 싶어 하는 곳이 한두 군데가 아니니까."

"자원개발이라는 것이 다급하게 서두를 일이 아닌데도……."

"부회장 측이 움직이고 있는 것 같아."

"이 양반이 아직도 정신을 못 차렸나."

대산그룹의 김덕현 부회장은 대산식품의 협력업체 뇌물 문제로 인해서 한동안 자중하고 있었다.

"김 부회장도 그룹의 지분을 가지고 있으니까 그냥 보고만 있지는 않겠다는 것이지."

최영수 전무의 말처럼 김덕현 부회장은 이대수 회장이 사업을 시작할 당시 대산물산에 돈을 투자해 일정 지분을 가져왔다.

두 사람은 함께 대산물산을 대산그룹으로 성장시켰다.

"조만간 그 양반의 코를 납작하게 해줄 것입니다."

"그래야지. 그리고 말이야… 직원들의 불만이 하나둘 나오던데, 야근을 좀 줄여야 하지 않겠어?"

"누가 그런 헛소리를 합니까? 불만이 있으면 회사를 떠나라고 하십시오."

"이 부장도 좀 쉬어야 하잖아. 너무 강하게 나가면 부러질 수 있어."

이중호는 일주일 전부터 아예 회사에서 숙식을 하듯이 지내고 있었다.

늦게까지 회사를 떠나지 않자 직원들도 눈치를 보면서 퇴근을 하지 못했다. 겉으로 내색하지는 않고 있었지만, 박명준이 회사를 떠난 것도 이중호에게는 심적으로 부담되었다.

거기에 강태수의 성공 가도가 이중호를 자극했고, 일을 서두르게 만들었다.

"지금 우리가 서 있는 곳이 전쟁터입니다. 목숨을 걸고서 일을 해야만 성공할 수 있는 전쟁터 말입니다."

박명준을 내보내고 대산에너지를 자신의 의도대로 움직이고 있는 상황에서 자신에 뜻에 맞지 않는 인물들과 함께 갈 의사는 없었다.

"그래, 전쟁을 하고 있지. 하지만 전투도 쉬어가면서 해야만 전쟁에 이길 수 있어. 오늘은 이 부장도 좀 쉬라고. 너무 지쳐 보여서 그래."

'틀린 말은 아니야, 너무 직원들을 몰아붙인 것도 있지.

후! 나도 힘들고…….'

"후! 제가 좀 여유가 없었던 같습니다. 말씀하신 대로 오늘은 좀 쉬어야겠네요."

"그래, 친구들도 만나서 기분전환 겸 술 한잔하라고. 일을 너무 손에 쥐기만 하면 실타래가 엉키는 것처럼 풀리지 않을 때가 있어."

"예, 좋은 말씀을 해주셔서 감사합니다. 앞으로도 잘 부탁하겠습니다."

"하하! 내가 뭘. 난 이 부장이 대산를 잘 이끌어 갔으면 하는 바람뿐이야."

"하하하! 그 마음 받아들이겠습니다."

최영수 전무의 말에 이중호는 기분 좋게 웃었다. 박명준이 떠난 지금 최영수는 앞으로 자신이 직접 챙길 인물 중의 하나였다.

이중호가 일찍 회사를 떠나자마자 그가 맡고 있는 부서 직원들은 누구나 할 것 없이 환호성을 질렀다.

업무가 밀린 것도 아닌 상황에서 매일 계속된 야근에 죽을 맛이었다.

이중호는 오랜만에 친구들을 만날 생각이었다. 한수연을 만날까도 생각을 해봤지만, 오늘 같은 날 잔소리를 듣고 싶은 생각이 없었다. 회사가 바빠지자 한수연과도 조금은 서먹해지는 느낌이었다.

"후! 강태수 이놈은 어떻게 이런 중압감을 견뎌낸 거지?"

성공하고 싶었다. 아버지는 물론 만인이 우러러볼 정도의 성공을 쟁취하고 싶었다.

지금 자신에게 주어진 환경은 누구에게도 뒤지지 않았다. 막대한 자금도 지원받고 실력이 뛰어난 직원들도 있었다.

한데 자꾸만 처음에 가졌던 자신감이 옅어지는 느낌이 들었다.

"도깨비 같은 놈. 닉스홀딩스를 만들어내다니……."

강태수를 알면 알수록 이해할 수 없는 것들이 너무 많았다.

아무 기반도 없는 놈이 어떻게 단기간에 놀라울 정도의 기업을 일으킬 수 있었는지 믿기지가 않았다.

사업을 한 지 몇 년이 되지 않아서 패션, 건설, 전자통신, 호텔사업 등을 거느린 재벌기업으로 올라선 것이다.

자세한 자료들을 입수하지는 못했지만 각 회사의 매출액은 해마다 놀라울 정도로 신장하고 있었다.

더구나 신규 사업을 진행하는데 들어가는 막대한 자금을 너무나 손쉽게 끌어들였다. 기가 막힌 것은 기업공개를 통해 주식시장에 상장한 것도 아닌 상황에서 말이다. 그렇다고 해서 시중은행에서 빌린 자금도 아니었다.

"분명, 강태수의 뒤에는 누군가 있는 거야. 그렇지 않고서는 도저히 이룰 수가 없는 일들이야."

차를 타고 가는 내내 강태수의 일이 신경을 거슬리게 했다. 요즘 들어 이대수 회장은 강태수와 자신의 여동생인 이수진을 연결하고 싶은 마음을 자주 내비쳤다.

문제는 이수진 또한 그걸 반기는 모습을 보인다는 것이다.

"반드시 보여주겠어. 내가 강태수보다 낫다는 것을……."

강태수에 대한 이름에 적대감을 드러내는 이중호의 차는 더욱 속력을 내며 강남으로 향했다.

신의주 특별행정청의 직원들과 신의주시에 있는 미혼여성들 간의 단체 미팅이 주선되었다. 신의주에서는 특별행정청에 근무하는 남한 남자의 인기가 대단했다.

신의주시에 공급되는 품질 좋은 남한 상품들을 접한 여성들이 남한 남자들에 대한 동경이 생겨난 것이다. 북한 여성들 중에는 생활력이 강하고 미모가 도드라지는 여성들이 많았다.

이번 만남에서 결혼까지 이어지는 커플은 특별행정청과 신의주시가 합동으로 혼수 일체를 지원해 주기로 했다.

신의주시의 재정은 북한에서 평양을 제외한 어느 시보다도 탄탄했다.

"하하하! 이렇게 남남북녀가 모이니까 보기 좋습니다."

새롭게 신의주시의 시장으로 부임한 김상렬 시장의 말이었다. 그는 김평일의 최측근 중 하나였다.

"예, 앞으로도 남북이 하나가 되는 일들이 많아져야 합니다."

"맞습니다. 김평일 최고지도자 동지께서도 남북이 하나가 되어야만 외세의 간섭에서 벗어날 수 있다고 하셨습니다. 이번 히로시마 아시안게임에 남북한이 하나가 되어 출전하는 것이 그 시발점이 될 것입니다."

남북한이 국제종합대회로는 최초로 1994년 10월 2일부터 16일까지 일본 히로시마에서 개최될 제12회 아시안게임에 남북한 단일팀으로 참가가 결정되었다. 또한 김평일은 올해 북한 노동당대회에서 최고지도자 동지라는 호칭을 받았다.

"예, 그래야지요. 우리 민족이 나아갈 방향은 하나가 되는 것입니다. 그래야만 중국이 강제 점령하고 있는 간도를 되찾아올 수 있습니다. 그 첫걸음이 신의주 특별행정구입니다."

"옳으신 말씀입니다. 저희 쪽에서도 간도에 대한 관련 자료들을 수집하고 있습니다."

"잘하시는 일입니다. 반드시 되찾아야만 땅입니다. 또한 민족의 영산인 백두산도 우리가 완전히 가져와야만 합니다."

김상렬의 말처럼 북한은 지금 간도와 관련된 역사적인 자료들을 수집하고 있었다.

또한 나는 1962년 10월 12일 평양에서 저우언라이(周恩來)

당시 중국 총리와 김일성 북한 수상 사이에 체결된 백두산 일대 국경조약인 조중변계조약(북중국경조약)에서 결정된 백두산의 분할에 대해 염두에 두고 있었다.

이 조약을 통해 북한과 중국은 국경선의 주향(走向 지층면과 수평면이 이루는 교선 방향)을 명확히 규정했고, 백두산 국경선 분획의 근거를 확정했다.

이에 따라서 양국은 천지를 북한 측이 54.5%를, 중국 측이 45.5%로 나누어 천지 서북부는 중국에 귀속되며 동남부는 북한에 귀속되도록 규정됐다.

북중국경조약 조약에 따르면 북한 측은 그전까지 중국영토로 돼 있던 천지의 5분의 3과 그 일대를 북측에 편입시켰다.

이로써 1909년 9월 일제가 청나라와 맺은 간도협약 당시와 비교하면 약 280㎢의 영토를 더 확보했다. 하지만 나는 백두산의 나머지를 모두 찾아올 계획을 진행하고 있었다.

『변혁1990』 25권에 계속…

초대형 24시 만화방

신간 100%, 샤워실, 흡연실, 수면실(침대석), 커플석, 세탁기 완비

▪ 시흥 정왕25시점 ▪

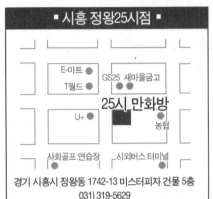

경기 시흥시 정왕동 1742-13 미스터피자 건물 5층
031) 319-5629

▪ 강북 노원역점 ▪

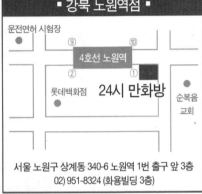

서울 노원구 상계동 340-6 노원역 1번 출구 앞 3층
02) 951-8324 (화용빌딩 3층)

▪ 일산 정발산역점 ▪

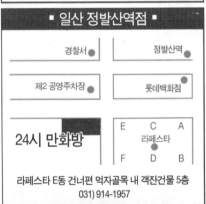

라페스타 E동 건너편 먹자골목 내 객잔건물 5층
031) 914-1957

▪ 일산 화정역점 ▪

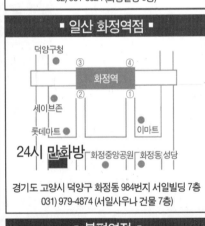

경기도 고양시 덕양구 화정동 984번지 서일빌딩 7층
031) 979-4874 (서일사우나 건물 7층)

▪ 부천 역곡역점 ▪

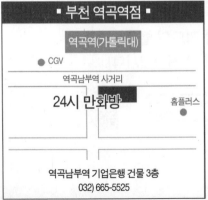

역곡남부역 기업은행 건물 3층
032) 665-5525

▪ 부평역점 ▪

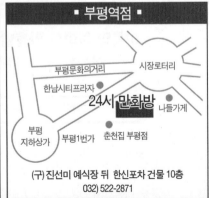

(구) 진선미 예식장 뒤 한신포차 건물 10층
032) 522-2871

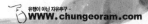

이모탈 퓨전 판타지 소설
FUSION FANTASTIC STORY

용병들의 대지
Road of Mercenaries

이 세계엔 3개의 성역이 존재한다.
기사들의 성역, 에퀘스.
마법사들의 성역, 바벨의 탑.
그리고… 그들의 끊임없는 견제 속에 탄생하지 못한

『용병들의 대지』

전쟁터의 가장 밑을 뒹굴던 하급 용병 아론은
이차원의 자신을 살해하고 최강을 노릴 힘을 가지게 된다.

그의 앞으로 찾아온 새로운 인생!
아론은 전설로만 전해지던
용병들의 대지를 실현시킬 수 있을 것인가!

Book Publishing CHUNGEORAM

이경영 판타지 장편소설

FANTASY FRONTIER SPIRIT

그라니트

용들의 땅

GRANITE

사고로 위장된 사건에 의해 동료를 모두 잃고 서로를 만나게 된 '치프'와 '데스디아'.
사건의 이면에 상식을 벗어난 음모가 있음을 알게 된 둘은
동료들의 죽음을 가슴에 새긴 채 각자의 고향으로 돌아간다.
2년 후, 뜻하지 않게 다시 만난 두 사람은 동료들의 복수를 위해
개척용역회사 '그라니트 용역'을 설립해 다시금 그 땅을 찾게 되는데……

용들이 지배하는 땅 그라니트!
그곳에서 펼쳐지는 고대로부터 이어지는 운명적 만남,
깊어지는 오해, 그리고 채워지는 상처.

『가즈 나이트』시리즈 이경영 작가의 미래형 판타지 신작!

Book Publishing CHUNGEORAM

유행이 아닌 자유추구 -
WWW.chungeoram.com

FUSION FANTASTIC STORY

GRAND SLAM

자미소 장편소설

그랜드슬램

2016년의 대미를 장식할 최고의 스포츠 소설!!

Career record : 984W 26L
Career titles : 95
Highest ranking : No.1(387weeks)
Grand Slam Singles results : 23W
Paralympic medal record : Singles Gold(2012, 2016)

약 십 년여를 세계 최고로 군림한 천재 테니스 선수.
경기 내내 그의 몸을 지탱하고 있는 것은…… 휠체어였다.

『그랜드슬램』

휠체어 테니스계의 신, 이영석(32).
그는 정상의 자리에서도 끝없는 갈망에 사로잡혀 있었다.

"걷고 싶다, 뛰고 싶다. …날고 싶다!!"

**뛸 수 없던 천재 테니스 선수
그에게, 날개가 달렸다!!!**

Book Publishing CHUNGEORAM

유행이 아닌 자유추구 -
WWW.chungeoram.com

투신
강태산

박선우 장편소설
FUSION FANTASTIC STORY

무림을 휩쓸던 '야차(夜叉)'가 돌아왔다.

『투신 강태산』

여행사 다니는 따뜻한 하숙생 오빠이자
국가위기 특수대응팀 '청룡'의 수장.
그리고 종합격투기계를 휩쓸어 버린 절대강자.
전 세계를 무대로 펼쳐지는 투신 강태산의 현대 종횡기!!

"나는, 나와 대한민국의 적을, 철저하게 부숴 버릴 것이다."

서러웠던 대한민국은 잊어라!
국민을 사랑하는 대통령과 절대강자 투신이 만들어 나가는
새로운 대한민국이 펼쳐진다!!

Book Publishing CHUNGEORAM

유행이 아닌 자유추구 -
WWW.chungeoram.com